後台

NEW YORK, BACKSTAGE

艾佳妏

Elise Ay

慾望城市裡的

華麗與荒唐

紐約

目錄

推薦序　心安即是家——讀佳妏的《後台紐約》——006
前言　紐約後台——012

ORK,

Rehearsal｜彩排中

寂寞之城——020
人在紐約——032
曼島居民——044
地鐵生物——054
成為大人之路：紐約買房奇幻漂流——062

Break a Leg!｜演出順利

能者過勞——076
黑色星期五創傷後壓力症候群——086
月亮與六便士——096

NEW Y

休假拓荒者——106
主題標籤——114
薛西弗斯的神話——120

Dressing Room｜休息室

塑膠收納箱裡的柏金包——130
荒謬慶典上的胡桃鉗鼠王——140
機械複製時代僅存的物質的浪漫——148
我的三十世代購物守則——158
反指標——166
魔幻時刻——174

STAGE

Theatre of Life｜人生劇場

密爾瓦基——190
大西洋蘋菓西打——198
快樂地我們滾滾向前——206
生活在他方——214
後記　美國時間——220

BACKS

推薦序

心安即是家——讀佳妏的《後台紐約》

劉少雄／台大中文系特聘教授

佳妏的這本散文集，有著一種低調而堅定的質地。她從台大中文所出發，穿越學術、時尚與劇場三個場域，在紐約度過了八年光陰，將所見所感化為一篇篇凝神細筆的書寫。初讀之下，也許像是異地生活的隨手筆記，片段而輕巧；然而隨著頁數翻過，讀者將慢慢察覺，那些看似輕盈的描寫底下，其實潛藏著一道持續發問與自我釐清的潛流：人在遠方時，如何確認自己所欲何求？而所求者，又是否真正能安頓身心？

全書共分為四輯，結構如一齣緩緩鋪展的劇場演出：從〈彩排中〉的初試身手，到〈演出順利〉的全力以赴；繼而走入〈休息室〉的歇息與回望，最終抵達〈人生劇

場〉——那無法預演、也無法重來的現場。她將一段遷徙異地的歷程，拆解為生活的各種層次與姿態，一場場排練、一幕幕上場，既有角色的轉換，也有語言與情緒的調度。這不是大舞台的驚奇壯觀，而是後台、邊角、與衣妝鏡前的真實，那些看不見的片刻，反而才是她真正所在的地方。

第一輯〈Rehearsal 彩排中〉奠定了全書的書寫基調。從〈寂寞之城〉、〈人在紐約〉到〈地鐵生物〉與〈成為大人之路〉，她書寫初抵異鄉的摩擦與調適，不渲染異國奇觀，也不誇飾失落與苦情，而是以近乎紀實的筆法描摹那座城市的步伐與寂寞、移居者的日常試探。那樣的寂寞不是黑夜的冰冷，而更像白土司的平淡無味——能裹腹，也能養出新的韌性。她在文中不斷自問：「我在這裡，是誰？」這句話穿梭全輯，成為貫串全書的命題。

第二輯〈Break a Leg! 演出順利〉則進入正式上場的現場。從初入職場的衝勁，到過勞邊緣的自省，再到辭職與重新定義工作的價值，每一篇都是一次現實切片，也是一次對自身位置的重新定位。她不美化紐約職場，也不譁眾取寵地訴苦，而是以冷靜語調記錄資本機制下的身心狀態。在這裡，主題已不再是成功或失敗，而是承認與選擇，是從「證明自己」走向「照顧自己」的心念轉折。

來到第三輯〈Dressing Room 休息室〉，語氣更為柔和，也更近私密。這是屬於她自己的 dressing room——卸妝、盤整、回看，重新檢視那些曾經深信不疑的價值與判準。從柏金包談到購物守則，從時尚語彙談到身份轉化，她讓每一件衣物、每一次選擇，都成為自我意識的一次盤點與對照。在這裡，書寫不只是風格與品味的展示，更是一種美感倫理與自我認識的慢工雕琢。

而最終一輯〈Theatre of Life 人生劇場〉，則將前幾輯對空間、身份、選擇與記憶的探問推向存在的核心。在〈密爾瓦基〉中，佳妏回望那個法律上標註為出生地、實則一無所記的城市，一種幽微的「無記憶之鄉愁」引出她對身份、語言與歸屬的長期追問。這種漂浮不定的自我意識，亦延伸至〈大西洋蘋果西打〉對童年味覺的召喚，以及〈快樂地我們滾滾向前〉中對友情、成長與別離的溫柔反芻。在這些篇章裡，她以物事、經驗與人際關係縫補移居者內在的縫隙。最終的〈生活在他方〉，幾乎是全書的精神獨白：從嘉南平原到台北，再從紐約望向世界，她始終在追問——什麼是理想的生活？而「我」在他方尋覓的，是嵌入其中的歸屬，還是某種永遠無法抵達的綠光？這一輯不只是異地生活的記錄，更是一場對自我與世界關係的深層排演。

閱讀這些篇章時，我不免回想起她過往寫下的文字與思索。當年在學術訓練中所養成的語感與結構意識，如今被歲月、城市與異文化磨礪得更加圓融，也更加自成節奏。那種從容、節制、而不失敏感的筆觸，仍是我熟悉的風格；只是現在，她的聲音更安靜、更深，也更篤定了。她的散文語言融合了中文訓練的整飭與英文思維的流動，善於捕捉生活中微小的停頓與轉折，以剖白而不鋪張的語氣，寫出複雜而含蓄的心緒。她未曾高聲宣示，卻始終在靜默中辨識自己的位置；未曾刻意求解，卻誠實承認「沒有答案」的價值。

蘇軾曾言：「此心安處是吾鄉。」對於遠行者而言，真正的「安」不在於地理位置的歸屬，而是一種內在的穩定與坦然。佳妏在這本書中所尋所證的，正是這樣的過程——她無意將異地變為故鄉，但她已逐步成為那個無論身在何處、都能安然自處的自己。

那，也許就是，最真實的歸屬。

前言：紐約後台

後台紐約，紐約後台，交錯的詞序，在近似的輪廓底下，閃爍著不同的質地。

後台，是掌聲背後、不為觀眾所見的表演工作者的準備空間，是前台精彩演出的重要支柱；後台，也是演員離開劇本、重回現實世界前的緩衝。在後台，演員依然可以是角色的一部分；在後台，演員仍舊處在故事展開的世界裡。

相較於前台的井然有序，後台的一切沒有劇本。這裡有各式各樣無法預料、不被期待的事情發生。

後台是個有遐想的地方。

後台，也有背景、背後支柱的意思。形容某人有後台，意味著他有個大眾看不見的有力支持，後台很硬，做什麼都容易。

數位時代，後台則是看見那些左右決策的數據的基地，是觀察前台觀眾動向、維護前台展演流量的位置。

而後台人格，是真我，是毫不保留地展現沒有修飾的真實自我。

後台的兵荒馬亂對比前台的粉墨登場、炫技演出，一切顯得混亂不堪、難以啟齒，卻真實無比。後台的一切不能登堂，卻是台上每個重要時刻背後的關鍵骨幹。

我的紐約生活並不堂皇也不華麗，沒有電視影集裡的轉折情節，也沒有那些改變我一生的人事物，有許多猶疑、焦慮、與擔憂，但同時也有許多成長、思考與對世界的感知。

從文學到時尚再到劇場，在每一次的嘗試裡更加認識自己，也在每一次的轉換跑道上，看見更多的可能。而紐約這座城市，給予了我探索的空間。

後台紐約，紐約後台。

二〇一七年夏末，一班從巴黎起飛降落紐約的班機，載著我來到帝國之心。踏上紐約，我對這座城市有點反感——高樓大廈遮蔽了天空、喇叭聲不絕於耳、到處都髒亂惡臭、那些異常友善的面孔背後都包藏禍心。但當好奇與陌生的濾鏡逐漸褪去，我開始發現這座魔幻之城的魅力——那靈動的生命力與能量，世界上其他城市望塵莫及，「美國夢」的感受在這裡很真實，在這裡，你可以清楚意識到，任何事情都有可能發生，「夢想」在這裡彷彿觸手可及。

於是，我的生活場域開始以紐約為背景。紐約，成了前台，也是後台。

每個人終其一生，都在尋找一個能與自己相得益彰的環境。

人們在城市與城市間遷徙，甚至在國家與國家中徘徊，不停尋找一個和自己個性相符，並且能共同成長的環境。相得益彰是個持續的動態，沒有永遠適合的環境，也沒有永遠不適的地方，但要找到一個和自己的成長頻率相符、並能持續一起進步的生活所在，需要很多嘗試。

還記得大學剛北上的時候，我也不很喜歡台北——太長的雨季、冬天會鑽進骨頭裡的寒風、比南部高的物價、相對冷漠的路人。但人們會漸漸長成所居城市的樣子，於是台北也默默住進我的血液裡。離開台灣以後，台北反倒成了我思鄉的空間背景。

紐約這座城市，教會了我不畏懼他人的眼光，想要什麼就主動爭取，卻也無形中豢養了我的焦躁、沒耐性甚至急功近利。隨著移居生活的塵埃落定，也越來越熟悉紐約的日子，我終於不再被這城市的五光十色所迷惑，安然接受自己的不一樣。

環境的影響都是潛移默化的，難怪孟母要三遷。

巴黎對於海明威而言，是席流動的饗宴，是個年輕時待過，便會永遠跟著自己的城市。這幾年，由於弟弟在巴黎讀書，畢業後留下來工作，因此我很常造訪這座我曾經最愛的城市，也幸運在巴黎短暫住過將近三個月。巴黎有她的美麗、她的咬嚙，巴黎某種程度成為我人生的一部分，然而巴黎充其量也就只是跟著而已；紐約不一樣，她或許不是饗宴，不那麼浪漫、那麼美麗，也不會跟著曾經待過的人，但她更有侵略性，她會從根本上一錐一鑿更深刻地改變一個人看待世界的眼光與生活的方式。

很幸運能在年輕的時候來到這座城市，形塑了我一部分的靈魂。如果能重來一次，我還是會選擇紐約。

來到紐約進入第八年，每一次坐車過橋，看著沒有盡頭的曼哈頓水泥叢林天際線，每一次都讓人激動。這滿城燈火，每一次每一次都讓人醉心，每一次每一次，都像新的。

我們都是在後台的混亂裡揮汗，為的是想要過上前台光鮮有秩序而精彩的生活。聽起來有點矛盾，但誰的生活不是在為自己想做的事情、想過的人生努力呢？

歡迎來到我的後台紐約。

al

Rehears

彩排中

日常生活，像是演出前的彩排，各種出其不意、許多暗藏玄機，可能日復一日，也可能在枝微末節裡充滿隱喻。紐約人生彩排中。

寂寞之城

紐約，被許多人認為是世界上最寂寞的城市。

作家奧莉維亞．萊恩（Olivia Laing）曾經寫過《藝術的孤獨》（*The Lonely City*）一書，紀錄她如何藉由藝術，探索這座太孤獨寂寞的城。二〇一七年剛來紐約的時候，在獨立書店暢銷書區看到這本書寫紐約的寂寞以及透過藝術來自我療癒的作品，多年過後，它依然穩穩坐在許多書店的城市選書區。或許孤獨，是城市人必經的修煉之路，那種好像和許多人都有接觸卻能完全沒有連結的疏離，是大城特有的體驗。地球上的人看銀河，覺得熱鬧美麗，實際上，每顆星都是光年之遙，對星星而言，其實是無比的孤獨。

「當然你可以在世界任何地方感到孤獨，但在大城市裡被一群人包圍，所感到的孤獨，有不同的況味。」奧莉維亞這麼寫道。

一個人的獨舞很寂寞，一群人的狂歡更寂寞。城市的寂寞，是儘管和人群摩肩接踵、參加完幾輪狂歡派對，仍然感受不到人與人之間的連結，是社群媒體上朋友成行、電話簿聯絡人滑了幾輪依然沒有盡頭，卻找不到一個可以傾訴心情的對象。城市的寂寞，是清楚意識到自己只有自己的疏離與孤獨。

寂寞是沒有抹醬的白土司，白土司單吃仍然可以下嚥，一個人還是能過得好好的，卻少了味道，生活中的所有情緒與想法，都只能自己承擔。分享的快樂勝過獨自擁有，但時差讓許多吐露落後，空間也讓不少交流逸散，物理上，在這異國處境裡只有自己；心理上，儘管知道自己不是一個人，卻總還是覺得自己一個人。

紐約的寂寞，安靜到可以聽見全世界，卻盛大到宛如整座城市的霓虹燈，閃得人目眩神迷，但回過神來，卻發現還是只有自己。

寂寞在城裡，有它獨特的氣味——寂寞是城市裡的集體經驗、是眾人的共同語言，但其實，寂寞，就是一座城市。

紐約生活邁向第二年時，我和幾個藝術家朋友合辦了一場名為《之間》的展覽，探討紐約在每個人生命中的定位與意義。Veronica 和 Marishka 是我們為展覽進行街訪的受訪者中，極少數無法再忍受紐約，想趕快離開的例子。她們都還很年輕，大學才剛畢業。

「在紐約，你會被一大群人包圍，卻完全感受不到人與人之間的聯繫。你一定會想，這麼大的城市，一定找得到一個頻率相近的人吧？的確，在這裡，無論什麼事情，一定都找得到同伴，無論是早上六點想要去賞鳥，或是半夜三點想要吃熱狗，又或是喜歡多麼偏門的藝術，一定都找得到也想做、也喜歡這件事情的另一個人。」

來到紐約，我才知道，原來下雪是有聲音的。平時嘈雜喧鬧的紐約，下雪時卻意外安靜，聽得到雪花掉落的聲音。一個人獨自雪地行走，唰啦唰啦。走著走著，覺得這也像寂寞的聲音。

如果這麼輕易就能找到志同道合的人，那為什麼還會寂寞呢？

「紐約太多元，也提供非常多選擇，然而要建立起更深一層的情感聯繫，就很困難了。很多人沒有意識到紐約是座多麼孤獨的城市。某種程度而言，這座城市裡的每個人都活在自己的世界裡。這裡，很容易就跟別人搭上話，卻很難真的跟人建立更深入的關係，好像每個活動、每次合作、每堂課程結束，就什麼都結束了。」Veronica無奈地說。

這座城裡，每個人都是一座孤島，有些人幸運和其他島嶼建立起了連結，島嶼的版圖擴大，根基穩固了，於是也就開始在這裡紮根；有些人碰巧沒有遇上頻率相近的其他島嶼，而又不願意繼續忍受寂寞孤獨，也就越飄越遠，最終離開了這裡。

Marishka也有感道：「紐約是座非常工作導向的城市，生活中有許許多多的small talk，但真正深入的對話卻很少見，每個人都專注且忙碌在自己的目標上，大多

儘管和人群摩肩接踵，城市裡每個人的距離都很近，卻感受不到人與人之間的連結。

數的談話都旨在建立對工作與事業有利的人脈、獲取其他地方無法取得的資訊，或是塑造自己的形象。在這裡，成功、有野心、有效率，似乎是人生的唯一目標，結果永遠比過程重要。我常常覺得，過程會引導出好的結果，但紐約人絕不會這麼認為。紐約太目標導向了。」

由於自由與包容，人們不太在意他人的眼光，但也因而變得更加個人主義；又因為這座城市追求成功的氛圍，讓人與人之間的聯繫變得實用功利，能一直留在自己生活裡的人，其實少之又少。

寂寞是頭小獸，平時溫馴無礙，但當發起脾氣，竟能召喚冰天雪地。個人主義放大了寂寞，而紐約的寂寞，大到可以成為一座城市，只是城市裡空無一人，朝著對向大喊，聽到的也只有自己的回音。

從台灣島來到曼哈頓島，我在島上遇見了形形色色的其他島嶼，開始了一場島嶼

擴張計畫。但島嶼總是擴張有時、縮小有時。學生時期比較容易交朋友，然而人在異地，朋友總是來來去去，人與人的聯繫總是動態搖擺，這座城市依然沒有一個心底明確知道，會一直在那裡的依靠。

直到我來到紐約的第二年，當時交往了八年的男友H，也就是現在的先生，毅然決然捨棄了在台灣建立起的生活，搬來了紐約。這個決定不存在頓悟，也沒有太多討論，好像事情到了如此，本來就該這麼發展，沒有犧牲、沒有妥協，當下就只覺得這是個再自然不過的抉擇。是到很後來才意識到，當一個人下定決心將原本的生活連根拔起，換盆到另一個完全陌生的地方從頭開始，需要多大的勇氣與信念，而這樣的勇氣與信念，竟然只是根基於想和另一個人一起生活的渴望。是多麼盛大的愛，才能包容所有對於移居的猶疑不安甚至恐懼？

兩座小島，延伸靠近，成為一座不再那麼小的島。異地生活中的喜怒哀樂，有了一個不問為什麼、總是會認真聽我說話的靈魂接收，有一個人互相扶持、攜手前進，

在這座有時候太過懾人的城市，有了後盾，可以更加無所畏懼地勇往直前。知道在這座城市裡，有個人在等我、關心我，有種安心、是種踏實，於是，紐約對我來說，不再寂寞。

If you can make it here, you can make it anywhere，這句形容如果能在紐約出人頭地，那麼在世界各地都能成功的耳熟能詳的俗諺，其實出自 Frank Sinatra 的知名歌曲《紐約．紐約》。紐約的艱辛，除了物價的高昂、步調的快速、競爭的激烈，更是心理上的挑戰。水泥叢林裡，川流不息人來人往的空氣中，瀰漫著每個人的美國夢，而那散發出寂寞的味道。

很多人說，出國讓人找到自己。但我覺得出國之所以能「找到自己」，出國並不是重點，而是由於身處異地，被這些寂寞不安所擁抱，與熟悉的人事物拉開距離，而有了更多探問自己究竟是誰、喜歡什麼、想做什麼的機會，是這樣的寂寞，給予了人們空間與時間，真誠地與自己相處，也更誠實地面對自己。寂寞讓人成長、使人蛻變，而耐不耐得住寂寞，或是能不能找到不再寂寞的方法，則成為這座寂寞之城，篩選留下來住客的第一道準則。

人在紐約

世界對於紐約的想像，大抵來自大量商業生產的影視娛樂敘事——五光十色的時報廣場、乘風破浪的自由女神、西村與格林威治村的浪漫愛情故事、金碧輝煌的第五大道、映襯著曼哈頓天際線的布魯克林大橋、分秒必爭時間就是金錢的華爾街，以及任何夢想都會成真的美國夢……。我對於紐約最初的想像，正正也是如此。

然而當我真正降落紐約，在這裡落地生根，才發現，這樣的城市速寫，是淺嚐即止的紐約印象。當這些影視裡的形象成為生活背景，才能看見紐約更多細小的微表情，她的五官在日常裡立體。

作家舒國治曾經寫過，他不那麼愛紐約，因為它太多概念：「重複的人，重複的景，重複的東西，於是它看起來很大，但不知怎麼人消受起來總覺得很小。倘若人在紐約一輩子，會顯得這一輩子很短。但最主要的是它太抽象。是的，便是這個字，太抽象。我常想，有人喜歡它，便因它抽象；這是紐約了得之處，太多的城市做不到它這點。而我，還沒學會喜歡抽象。」

重複與抽象，是舒國治對於紐約的評論。紐約的了得在於抽象，但讓人無法與她親近的，亦在於抽象。能適應抽象、甚至喜歡抽象，大概才能留下來，成為這座城市的一份子。但究竟，什麼是紐約的抽象？

真正讓我第一次深刻意識到自己人在紐約，是二〇二〇年的疫情大爆發。

二〇二〇年三月初，比亞洲慢了一步，疫情的鉛球開始毫不留情地在城裡大力迴盪，死亡的陰影在街燈底下徘徊，恐懼與未知在人們被口罩捂得緊緊的、只露出的眼睛裡閃爍。亞洲疫情爆發之初，我剛從台灣回到紐約，在台灣已能感受到草木皆兵，但整個美國仍然吊兒郎當尚無警戒。在人群中，我內心恐懼疾病的傳染力，卻擔心戴口罩會招來歧視攻擊，於是只能用力把自己的頭埋進圍巾裡，鴕鳥一般裝作若無其事繼續過生活。

隨著城市裡第一個案例的出現，地狹人稠的紐約，疫情開始星火燎原。這座城市面對瘟疫毫無防備，醫療體系被癱瘓，死亡人數節節攀升，航空母艦也成了臨時醫院，而後封城禁令下達，人們被關在家裡，世界一夕之間都不一樣了，縮小到只剩下家的範圍。超市貨架上空空如也，沒有肉、沒有蛋、沒有麵包，甚至連衛生紙都被人們瘋狂囤貨，到處都買不到酒精口罩消毒水，人與人之間的距離被拉長到六英呎，所有實體活動暫停，線上成為危機時刻的集散地。看著新聞播報的紐約現況，鏡頭拍攝的畫面距離我其實並不遠，但和我縮得很小很小儘管焦慮卻相對安穩的生活日常相比，卻彷彿兩個世界，甚至有點超現實。原來處在暴風中心這麼平靜，事件的焦點離我這麼近，卻好像一切與我無關。

紐約封城前一個月，我剛開始了在日商公司紐約分部電商團隊的正職工作，那是我畢業後的第一份正職。紐約分部很小，辦公室在紐約店面的地下室，每個部門都只有一到兩名員工，而我所在的電子商務部門，就只有我一個人。美其名負責管理所有線上的銷售事項，但其實最重要的，是負責處理訂單與出貨。由於規模還小，尚未和專門的倉儲物流公司合作，出貨都是由門市、我，以及一位批發部門的同事互相幫忙。

疫情爆發之初，辦公室人員開始遠端工作，門市同仁接手了網路商店的出貨事務，然而隨著封城令下，門市同仁被留職停薪，電商訂單一張張堆疊起來，像是一張張白色病床。疾病蔓延，但商業活動持續進行，尤其線上商務成長爆發，於是在老闆的要求下，居家隔離四十多天後，我第一次進到曼哈頓市中心。

封城期間，到公司的通勤不再是大眾交通，而是公司付費的 uber。我坐在車子裡，口罩戴得緊緊的，司機與乘客間也隔著透明防護塑膠布，看不清楚司機的表情。從窗戶望出去，原本繁忙壅塞又嘈雜的路段，竟然杳無人煙。車行過萊辛頓大道、公園大道、麥迪遜大道，再進到第五大道，沒有行人、沒有警鈴喇叭聲，連車輛都稀少。紐約客避之唯恐不及的時報廣場，一個人也沒有，只剩下零星的霓虹燈看板寂寞閃爍，車水馬龍的蘇活區，同樣空蕩冷清，淒淒慘慘戚戚。

那是我當時在紐約待了三年以來，第一次見到的奇異光景——不塞車又沒有人的曼哈頓街道，散發出一股詭異的末世荒涼，彷彿電影《我是傳奇》的真實再現，整座城市安靜到似乎能聽見疾病的低吟；餐廳以及店家一間間貼上招租招標的大字報，人去樓空的感傷也一併被黏貼在門窗上；車行經紐約大學醫院，一台好長好長、新聞上才會看到的白色冰櫃車停在路旁，貨櫃門大開；路過另一家大型醫院，正巧瞥見醫護人員從救護車上抬下一個擔架。當時的紐約，因病過世的屍體多到殯儀館無法處理，原有的貨車滿載，因此借來一般人搬家會租借的 U Haul 貨車，存放無處安放的靈魂。

當時的我並不是一個喜歡紐約的人，對這座城市也沒有特別的情感，然而看著窗外的景色遞嬗，親眼所見城市的現況與記憶中繁華熱鬧的紐約印象之間巨大的落差，揣著人的心往下墜。那是經過對比而後得出的荒涼，流淌出一派光輝不再的頹唐。那些被影視塑造出的紐約意象，哐噹一聲頓時墜落在地。這裡真的是紐約嗎？

沒有人們、沒有聲響的紐約，頓失她的魔力，成為一座全然陌生的城市。這時，車裡的廣播送出一句：「紐約人都很堅強，我們會一起撐過去。」聽到的當下心一緊，著實快掉淚。我終於懂得為什麼這會是一句在疫情期間的新聞播報以及廣告裡不停被復述的話語——當你親眼見到這座曾經這麼有活力又繁華的城市，現在成了廢墟一般的空城，其間瀰漫的憂鬱頹喪氛圍，彷彿催狂魔之吻，將人們的快樂與希望都吸走了。但很神奇的是，聽到廣播的當下，除了想哭，卻感到無比溫柔。廣播主持人的話，彷彿也默默將我納進了「紐約人」的群體裡，我人在紐約，和這座城市裡的其他八百多萬人，一起經歷疾病的威脅，也一同體驗與這座城市共存共榮的脈動。

疫情顛峰，每天到了傍晚七點，居家隔離的紐約客們打開窗戶，為最前線的醫護人員鼓掌，一聲聲的感謝真摯而動人，無論前線人員聽到了沒有，那是居家隔離令

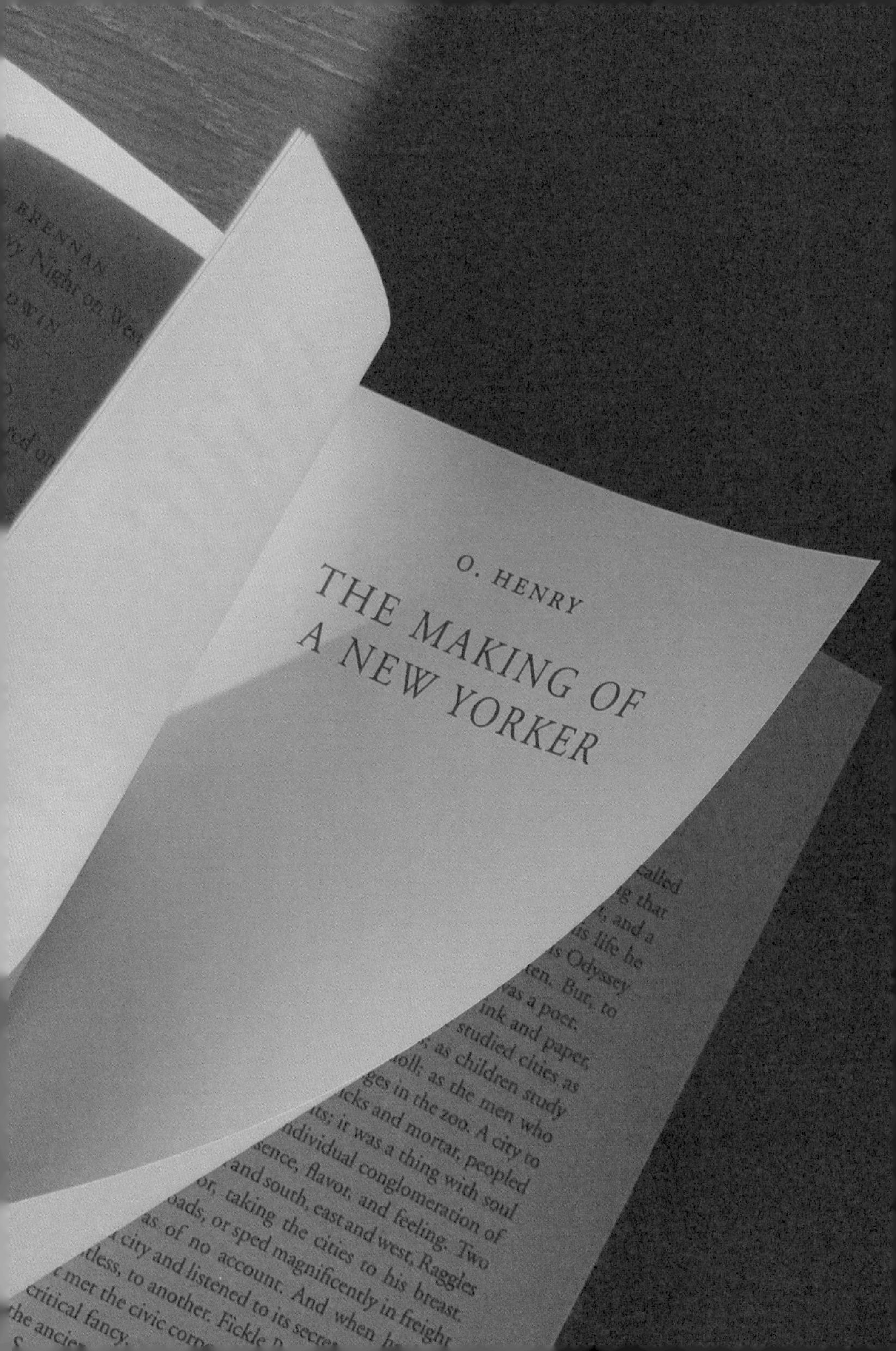
O. HENRY
THE MAKING OF
A NEW YORKER

下，眾人少數能集體做的活動。鼓掌與道謝，多麼平凡無奇，卻是凝聚了這座城市向心力的紐約客的感性。

隨著疫苗被研發、疫情趨緩，正如廣播裡所說的那樣，我和住在城裡的人們一起撐過去了。紐約這座城市是浴火鳳凰，在困境裡綻放，一如九一一事件以後的紐約，谷底反彈，災難使這座城市更加堅強，也更加耀眼。雖然聽起來老梗又刻板，但韌性或許是紐約最核心的特質，而這也是我真心喜歡上紐約的轉捩。

紐約這城市遠看像神話，近看則有許多真實的掙扎，這樣的衝突矛盾，造就了這城市的個性。紐約對我來說，無法被定義，帶點中性、總是流動。這裡，有最市儈銅臭的勾心鬥角爾虞我詐，但同時也有在堅硬高大表象的縫隙間所流露出的感人溫情，各種極端的事物在這座城市相遇，而後構築了她的面貌。尤其在親眼見證這座城市的低靡頹喪，再眼見她的重生，與她一起跌宕後，很難不愛上她。

8Y30
PULL & SLIDE
METERED
FARE
FLAT FARE
JFK

我很喜歡 nuance 這個英文單字，意指幽微的差異，而紐約是座充滿 nuance 的城市。

不是非黑即白，也沒有絕對的善惡，紐約包容了一切悖反的概念。紐約的包容並不會融合，不是雜揉之後得出一個平均值，而是讓每個截然不同的個體，都有獨立成長的空間。人在紐約，有種意外被溫柔包容的感受。初來乍到，這座城市對人不理不睬，冷漠快速蠻不在意，每個人都活在自己的世界裡，乍看之下找不到屬於自己的位置，但當在這座城市安頓下來，會發現，紐約不太排擠人，她接納世界上的極貧與極富，她收容所有人，不問理由。紐約的包容，不是沒來由地對人好，而是給予空間，讓來到此地的人，親身體會她的歧義多樣。

我想，紐約的抽象，在於這些 nuance，在於她不評斷、不定義，只是包容。

曼島居民

租屋在全世界所有的大城市裡大概都一樣，永遠是讓人頭痛卻又不得不面對的生活難題——租金高昂、空間狹小、屋況不一，以及各種突發狀況與雷包室友——絕大多數離鄉背井人們的租屋史血淚斑斑，大概能寫成一部長篇連載小說。台北居大不易，紐約居更不易，在物價是台北三、四倍的紐約，住房是每個月最大的開銷。

「紐約」，其實是個很大的概念，有方圓百里之內沒有鄰居、位在森林裡的山中小屋，也有寸土寸金、市聲不絕於耳的城裡小公寓。大家俗稱的「紐約」，以及電視影集裡所形塑的濃厚「紐約」意象，其實大多時候意指曼哈頓，而曼哈頓只是紐約市五個行政區中的其中一個。除了最耳熟能詳的曼哈頓，還有布魯克林、皇后區、史坦

頓島以及布朗克斯，而涵括這五個行政區的紐約市，又只是紐約州的一部分。曼哈頓、紐約市和紐約州，這樣的行政與地域劃分，像是俄羅斯娃娃一樣一個套一個。

紐約市五個行政區，每區都有自己的個性，住在紐約市的人，在認識一個人之初，常常用居住區域判斷一個人的個性與背景，就像在台北聽到住在大安區、信義區的人，會暗自在心裡為他貼標籤一樣。

在紐約租房，申請租賃的第一步往往都是提供薪資證明，年收入至少要是房租的四十倍以上才會通過第一關審核，也就是說，如果一間普通的一房一廳公寓月租四千美金，年收入至少要十六萬美金；如果薪資不到房租的四十倍，可以請保證人（Guarantor）擔保，保證人除了要具備美國籍，年收入還要是房租的八十倍以上，要找到年收入三十二萬美金以上的保證人，才能租一間四平八穩的四千美金套房；如果山窮水盡真的無計可施，最後一步會是找租房擔保公司，然而租房擔保公司的收費大約會是一個月的租金，金額不容小覷。以前許多大樓接受國際學生提前支付一整年的房租費用，但新法上路後，大多數的紐約公寓不再接受預先支付全年房租，對國際學生來說，找房又難上加難了。

年收入是月租的四十倍以上只是第一步，房仲以及大樓委員會還會查看租客的信用紀錄以及申請簡易的背景調查，甚至還得請前房東提供推薦信。好的房源通常搶手，除了得馬上決定外，也要在時間內以最快速度送出所有需要的文件、繳交申請費用，最後租不租得到大概看人品。留學生初來乍到一個新的國家，沒有任何信用記錄，背景調查也查不到什麼東西，人品再好，被除數為零依然只能是零。

因此來到紐約的第一年，我選擇住在學校宿舍。省掉許多繁瑣的租房手續，也避開亞洲人網路社團裡的許多租屋詐騙。然而簽運總與我平行，沒抽中學校附近的宿舍，而被分配到位於上東區一間名為92Y、通勤到學校要半個多小時、類似YMCA青年活動中心的地方。

92Y的宿舍，有著來自曼哈頓各學校的學生。有別於一般宿舍是一寢共用一個廚房、一間衛浴，92Y的舍友雖然都住單人房，但是一整層樓只有一個小廚房、四到五個淋浴間以及兩台洗衣機與一台烘衣機。淋浴間沒有門，僅有一道浴簾，衣服毛巾都得掛在浴簾外，唯一一間能上鎖的，是帶著一個能泡澡小浴缸的浴室。大家對於淋浴間只有浴簾絲毫不太在意，但身為不習慣與他人裸裎相見的保守亞洲人，我每次都得抓緊時間搶用那間能上鎖的浴室。又由於一層樓只有一個廚房，我通常會挑平日沒課的下午，一次煮起一個禮拜份量的餐食，免去尖峰時刻廚房塞車的困擾。而每餐用餐前，還得祈禱微波爐安然無恙可以加熱我的食物，畢竟公德心不是內建，常常打開微波爐門，見到的就是驚悚的核爆現場。

住在上東區的好處，除了相比曼哈頓其他社區安靜清幽，走到中央公園和博物館區，也僅是短短十五分鐘腳程的事。剛來到紐約，雖然課業繁重，但天氣好的時候，喜歡帶著當週閱讀，慢慢散步到中央公園，在長椅上曬著太陽慢慢讀文獻，或是探索上東區那些美麗住宅。那時候是二〇一七年，92Y的宿舍，平均下來一個月也還要

一千八百多美金，雖然比擬飯店式管理，每週都有專人進房打掃換床單，公共區域也統一由專人清理，但單人房空間狹小，公共區域也有諸多不便，於是第二年，我開始了我的紐約市遷徙之旅，而我的下一站，是長島市（Long Island City）。

長島市（Long Island City）和長島（Long Island），只差了一個「市」，距離卻有兩個小時車程。除非是紐約居民，或是熟悉紐約的行政、地理區劃分，大概沒有人會想到，只差一個字，竟然差了一百英里[1]。搬離宿舍，我來到皇后區的長島市，見證了長島市從一片荒涼貧脊中拔地而起。剛落腳長島市的時候，附近都是還在施工中的建案，只有烏煙瘴氣一片，沒有文化也沒有人煙，更遑論餐廳，附近只有一間猶太人開的昂貴超市。一年之後，開了間專賣亞洲零食的小商店，生活機能不算好。誰能想見，多年以後再回到長島市拜訪朋友，彷彿回到台北——手搖店、便當店、各式特色酒吧，想得到的亞洲食物一應俱全，比起其他住宅區也乾淨有秩序許多，宛如來到新興的紐約亞洲城。

比起曼哈頓的光怪陸離，從窗戶望出去都有新鮮事，長島市的生活平靜無波，甚至平淡到有點無聊。不過這裡的租金相對曼哈頓便宜，住宅區治安也不差，多條地鐵線經過，且僅只一站就進曼哈頓，交通便利，加上是有著電梯、管理員以及獨立洗、烘衣機的全新公寓大樓，於是和先生一起的紐約生活，就從長島市開始。

疫情爆發那年，幾十萬人大批出走紐約市，該年夏天，曼哈頓多了許多房源降價求租。有著二十四小時門房以及公寓裡獨立洗烘衣機的電梯大樓，一房一廳的公寓一個月不包含電費、網路費，租金三千三百美金，和漲房租後的長島市一房一廳一樣。對於不同居住區域的好奇心使然，我們告別了住了兩年的長島市，搬到了下東區，重新當回了曼島居民。

疾病仍然蔓延，原本夜夜笙歌，以美食與夜生活聞名的下東區，也顯得冷清。不過那是我最常散步的一段時間。往東走，可以一路走到東河。城市裡的河有種魔力，所有的喧囂、壓力，在河的面前微不足道。看著陽光糝落的水面波光粼粼，心裡的糾結也彷彿舒展開來。河的對岸，是布魯克林最文青的社區威廉斯堡，威廉斯堡往北，就是從前居住的長島市，更多更多的高樓從平地拔起，整個社區的發展越來越堅實完整；往南走，能一路走到時髦集散的蘇活（SoHo）區，沿路的美食、美麗的戰前建築以及穿著美衣華服的人們，都讓人心曠神怡；往西、往北走，會經過青春旺盛的華盛頓廣場和東村。那段時期，整座城市，彷彿都存在我的腳步裡。

每個居住區域，都有鮮明的表情、突出的輪廓，每搬到一個新的社區，都像來到新世界，需要重新適應、再次融入。原本以為，隨著城市復甦、租金回漲，我們會再次出走曼島，沒想到，在誤打誤撞下，我們竟然擁有了自己的家。我們不再是城市裡年年搬遷的遊牧民族，而正式成為了曼島居民。

1 這裡以長島市到長島東邊的東漢普敦（East Hampton）來計算。

地鐵生物

身處地底、在城市間蜿蜒、實用性大於裝飾性，載著人們點到點移動的地鐵，少了一些做給外人看的表情，是一座城市最核心的肌理。地鐵是一段過程，不是終點，鮮少有人每到一座城市，會專門安排參觀地鐵站的行程。

紐約的地鐵，二十四小時營運，全年無休，永遠有太多事情在發生。

比起巴黎地鐵得隨時當心扒手，紐約地鐵少了這層擔憂，卻得提防是否有瘋子隨機推人下軌道，畢竟紐約絕大多數的地鐵月台，沒有安全閘門，而這裡的瘋子與怪人，大概和跨年夜時報廣場撒下的彩帶紙片一樣多；比起台北、東京、首爾等東亞國

家地鐵井然有序的列隊先下後上，紐約地鐵永遠是一盤散沙，不講求先來後到，見縫插針是紐約通勤的必要技能。

紐約地鐵和倫敦以及多倫多地鐵一樣，由於位處地底沒有訊號，卻更容易因為各種緣故卡在隧道裡而與世隔絕：有時候，是隧道塞車，需要停下讓前方列車先行進站；有時候，是前方列車上的乘客發生意外，正停在站內處理，於是這輛列車就得暫停在漆黑隧道裡，等前方列車移動後才能繼續前進；有時候，因為軌道訊號出問題，線路大亂，這時也得停下來，而這一停不曉得要停多久。聽朋友說，她曾經被卡在地鐵上卡了兩個小時。有些列車在停下時，車廂內部的燈會一同熄滅，有時甚至連冷氣也一起停掉，像極了恐怖片的開頭，這個時候，由於地底下沒有訊號，完全將人推進一個與外在世界隔絕的狀態，徹徹底底的失聯。也因此，當遲到的理由是地鐵事故（subway issue）時，大家的眉眼裡透露出理解，這是紐約客間無聲的默契。

紐約的地鐵也很有個性，表面看來有固定的路線，但其實，地鐵線非常有自己的想法。因應整修，藍線E列車心血來潮可能會跑上橘線F的路線、直達車A和D，週末可能決定走上區間車B和C的軌道。某站和某站間哪些站過了幾點後不停靠、國定假日或是夜間又是哪些路線停駛，這些臨時的更改，就只會出現在幾張貼在月台柱子上毫不起眼的公告上（最近終於有了電子看板，手機應用程式也有了即時更新）。站內與車廂當然也會有廣播，然而紐約地鐵的廣播是出了名的模糊，在列車的轟隆聲裡，所有聲音都像被厚重的布料包裹，沒有人聽得清楚列車長究竟在宣佈什麼事情。

所以每當沒有意識到路線更替，又沒有注意到月台上的公告或廣播，很容易就被載到距離目的地十萬八千里外的其他地方。想像原本只是要去大安，沒想到一個不注意，竟然到了南港。抱怨沒有用、申訴沒有用，紐約大都會運輸署（MTA）是最經典的美國官僚。

有著一百多年歷史的紐約地鐵，更新速度最快的，永遠是站內與車廂裡的廣告。資本主義大城的大眾運輸，最先進的，總是這些能帶來收益的項目。剛來紐約時，單程地鐵二·七五美金，如今已漲到二·九〇美金一趟。不過無論只搭兩站還是搭了二十站、在車上十分鐘或是兩小時，地鐵票均一價，是這座城市裡少數的一視同仁。

紐約的地鐵票，是張黃色的塑膠片磁卡（今年底，黃色磁卡即將走入歷史），這磁卡講求特定的刷卡手勢與速度。紐約客有著抓準了讀卡機器個性的完美手速與力道，一刷就過，而那些在閘門前刷了多次卻依然刷不過的人，一看就知道不是本地人，太快太慢、太大力或是太小力，通通會被機器退件，它只讀得懂紐約客剛剛好的俐落。疫情期間，地鐵的刷卡閘門終於電子化更新，可以用信用卡或是 Apple Pay 直接感應，可喜可賀終於進入二十一世紀。

紐約地鐵最聲名遠播的生物，莫過於老鼠。我看過太多次在軌道上歡樂奔跑的鼠群，有時甚至全家出動，一隊七隻，成群結隊出門覓食。網路上曾經瘋傳過一隻體型像貓一般大小的壯碩老鼠，努力把人類掉落的大披薩搬下地鐵樓梯的影片。老鼠作為紐約最知名的地鐵生物，當之無愧。但其實，「地鐵生物」（@subwaycreatures），是個專門搜集整理各式各樣奇葩的以紐約地鐵為場景的 Instagram 帳號，這個目前有三百多萬人追蹤的帳號，儼然是紐約地鐵的綜藝大集合。

除了記錄地鐵上出現的各式各樣生物：飛進車廂裡的鴿子、爬上打瞌睡乘客身上的老鼠、跟著主人搭車的寵物蟒蛇之外，各種彷彿只會出現在電視影集裡的角色，也會在地鐵生物這個帳號上出現——穿著蜘蛛人裝的健身體操好手，從一個月台跳到對面月台，甚至還幫忙奪回乘客被搶走的手機（合理懷疑這應該是事先安排好的拍攝橋段），還有蝙蝠俠和小丑，更不用說萬聖節期間，百鬼搭上地鐵準備夜行。這裡有最瘋狂、最奇怪的人們，但週遭乘客習以為常、一點也不大驚小怪的強烈對比，也成為地鐵生物的主旋律。

紐約很怪，怪到不合常識不符邏輯，但紐約的怪通常摻雜著一絲幽默、一點創意，讓人拉遠一點看啼笑皆非，覺得怎麼可以這麼瘋、這麼超展開，這個世界真的什麼人都有。

曾經看過一個說法，紐約人不友善，但他們很善良，加州人很友善，但僅此而已。如果有一天，車子在洛杉磯拋錨了，當地人會友善地停下來，並帶著有同理心的表情說：「啊，真倒楣，祝你好運！」然後就開走了；然而在紐約，紐約客或許會碎念怎麼沒有多帶一個備胎，或是怎麼這麼不小心，但他們會捲起袖子幫你一起解決問題。當有人在地鐵站樓梯間跌倒，「你還好嗎？」的問候聲此起彼落，附近的路人也會主動伸出手拉一把；當電梯維修，而媽媽需要將嬰兒車扛上樓梯時，也會有人主動詢問是否需要幫忙。紐約客冷漠，但在最不起眼的生活縫隙裡，流露了他們的溫情。

二〇一五年，在我還沒決定搬來紐約前，曾經在下著大雪的二月寒冬裡，隻身來到哥倫比亞大學參加學術論文研討會。當時我扛著大行李，舉步維艱走上地鐵樓梯，路過的許多人，好心問了聲：「需要幫忙嗎？」剛從歐洲自助旅行回來不久的我，防衛機制極重，即使非常吃力，我依然謝絕了他們的好意。直到搬來紐約後，才發現這些主動開口詢問是否需要幫忙的路人，真的只是好心想幫忙而已。善良其實不只是自己的選擇，更是由許多認識以及不認識的人的善意所組成，溫暖能匯聚成更大的溫暖，終至能讓人以更明亮開闊的態度面對生活，並將善意回饋給社會。

紐約地鐵以及地鐵站像是一座城市回家後，再也不必在意社會成規和他人眼光，最做自己、最真實的樣子——翹二郎腿、蓬頭垢面，都不要緊，因為在地底下，在自己家裡；也像是個在一群俊男美女、學霸天才的兄弟姊妹間，沒有專長、長得不好看甚至排行中間的小孩，永遠是被忽視的那一個。

紐約地鐵是個讓人避之唯恐不及的存在：治安不佳、衛生太糟、班次不定，還是

許多無家者的棲息地，若非地面交通永遠在塞車，而車資也總是高昂，大多數人能不搭地鐵就不搭地鐵。這個神奇的地底空間，有太多亂七八糟、狗皮倒灶、荒腔走板，說來令人發噓的故事，但對我來說，地鐵是這座城市裡，最活生生、最不加掩飾的地方。生活在此地的人們最真實的生活與生存樣貌，在這全年無休、二十四小時營運的空間裡，毫無保留地鋪展開來。

成為大人之路：紐約買房奇幻漂流

走進中央車站附近金碧輝煌的辦公大樓，在氣派的大廳換了證件，搭著速度快到會耳鳴的電梯來到四十幾樓的會議室。長長的橢圓形深棕色木桌上端端正正擺好了一份份合約，窗玻璃潔淨明亮，絲毫看不太見自己的倒影。往外望去，帝國大廈映入眼簾，下午三點的陽光斜斜伸出手，一幢又一幢摩天大樓的外牆頓時閃爍著迷人的金光燦爛。坐定，覺得十分不真實，那是我第一次意識到「我真的是個大人了」。這種大人感攻其不備，來得猝不及防，總覺得自己還是個小孩，怎麼一夕之間就要簽約成為屋主了呢？我到底是怎麼變成大人的？

在紐約買房很複雜，買新房更複雜，買新房加上還要貸款最複雜。而零經驗的新

手買房，總是掛一漏萬，細節照顧到了卻疏忽了主幹。自己的疏忽得自己承擔，而別人的疏漏，也得一肩扛下，畢竟已經是個大人。

買房的念頭，其實不曾主動來訪，而只是疫情期間的無心插柳。瘟疫爆發，城市居民出逃，我們被困在城裡，無處可去，眼見租金下跌，房價連動，連帶貸款利率都來到史上新低。2.65％的房貸利率，在台灣算是十分高昂，卻是美國最低。過去五十年來美國的平均利率，在7.5％到8％左右。和台灣不同的是，美國的房貸可以鎖利率，一旦簽了約，利率就固定了，未來三十年不必擔心數字浮動。眼見當下的公寓租約剩下半年，抱持著開眼界的心態，開始了我們的紐約看房之旅。

我和H看的第一間房，其實是被Instagram廣告推播、還在興建中的建案——是有著二十四小時門房、健身房、會客室、戶外烤肉區，自己的公寓裡還有獨立洗烘衣機和洗碗機的電梯大樓。由於還在施工中，看房前得先簽切結書，整段看房過程安全帽得緊戴。說是看房，但還在興建中的建案其實看不太出所以然，建築物裡到處都是工具，一切都還在被創造中，一切都還有可能。而後，我們從新建案看到三、五十年的老房，從 Condo 看到 Co-Op[2] 再看回 Condo，從曼哈頓到布魯克林和皇后區最後再回到曼哈頓，努力尋找家的蹤跡。而我們最後，還是回到了最初的這棟新建案。往後我們常常笑稱，自己腦波弱到，被社群廣告推播買了一個家。

送出購買合約、來回幾次協商，建商也接受我們提出的條件，以為一切差不多塵埃落定，只差最後一步簽約交屋，沒想到我們實在太天真，這時候才正是峰迴路轉、一波三折的開始。確定與不確定像打地鼠一般此起彼落，每當覺得事情終於要有個了結時，又會蹦出新的問題。

紐約的法律規定，除了自己購買的單間公寓得完工之外，整棟大樓的完工率，也得在一定比例以上，才得以交屋。原訂五月能交屋的大樓，建造計畫延宕到了七月，當時居住的公寓剛好也在七月初租約到期。和租屋處的管理部門協調後，他們同意我們在下一組房客搬進來前，以日租方式續住。眼見續住的兩週退房時間即將到來，但交屋日期依然杳無音訊，我們也只能且走且看了。

紐約的搬家公司，通常有個寄存行李一個月的免費服務，他們幫忙把家當從舊家搬出，存放在倉庫裡，等待確認搬家日期後，再將家當從倉庫搬進新家。目送裝載著幾乎是我們在紐約全部生活的貨車離開，我和H一人一個行李箱、一個登機箱，開始了我們的城市流浪。

我們首先入住的，是位於中城西的短租大樓。大樓看起來新穎，內裝現代、房間乾淨整潔，附近的治安也不差。但生活總是迂迴，直到週一開始工作，才發現這裡實在無法久待。二〇二一年，居家辦公持續進行中，然而這棟大樓所提供的網路，大概還停留在撥接時代，我連要打開公司官網，都能跑上五分鐘，視訊會議就算關掉鏡頭，聲音也總是斷斷續續。再有耐心的人，面對只會一直轉圈的網頁，久了也會不耐煩，什麼工作都做不了。好不容易熬過了我們訂的兩週住宿，決定不再找短租。

疫情過後，曼哈頓普遍的飯店一晚都要上看三、四百美金，好險疫情期間，一百五十美金左右就能住到很不錯的四星飯店，於是也開始了我們在中城的旅館區，三、五天換一次飯店的奔波日程。旅行時住飯店只覺得開心，有機會體驗不同的居住空間，但在自己生活的城市裡入住飯店，心裡莫名有種說不出的流離失所，那是一種居無定所的漂泊感。但同時也感到幸運，我們還能入住不錯的飯店，在曼哈頓餐餐外食，還能吃得營養，和許多人相比已是天之驕子。

在開始城市流浪之前，我們住的都是公寓裡有獨立洗烘衣機的現代大樓。通常年代比較久遠的紐約公寓，不是整棟大樓共享一個洗衣間，就是完全沒有洗衣設備，得將換洗衣物帶到附近的洗衣店清洗。拉著一卡皮箱生活的這段時間，也算是體驗了大多紐約住客不方便的洗衣日常。

日子一天天過，終於等到了預約簽約交屋的日期在行事曆上畫出一個圈。

等待交屋的期間，H剛好拿到一份新工作，和未來東家簽了約，也向原公司提出辭呈。我們絲毫不覺得這對還沒簽下的房屋契約會有任何影響，畢竟新工作的薪水更高，更能保證我們未來的還款能力。直到交屋簽約前一天，和銀行貸款專員順資料時隨口提起，他一聽聞，天崩地裂，新的公司意味著，我們所有的貸款文件都得重跑，銀行得重新風險評估，一切都得從頭開始。

我們收到這個消息，也是一陣天旋地轉。然而大人的世界就算遇到再怎麼驚天動地的事情，還是得假裝鎮定，更重要的是解決問題。聯絡了賣方房仲，說明情形，簽約日期順延到貸款重新跑完。好不容易貸款程序沒問題了，和賣方再次重新劃約了交屋時間，沒想到，又是在簽約前一天，接到貸款專員的電話。看到手機螢幕的來電顯示，心裡隱隱有種不祥的預感。

我們申請貸款的，是全美最大的銀行，專員打電話來的那天，銀行系統大當機，所有資料都調不出來，業務大停擺。專員表示，不確定隔天簽約是否系統已修復，先

ESSENTIAL EAMES

跟我們說一聲。果不其然，簽約當天，銀行系統依舊當機中，於是，原訂好的日期，不得不再次順延。

從原訂五月中的簽約，到真正走進會議室，已是八月底。中央車站附近四十幾樓中規中矩的會議室裡，律師宣讀了文件，各方在每份文件上簽好了名，恭喜聲不迭，散場。一紙合約在手，我只覺得虛幻不踏實，這樣就結束了嗎？這間公寓真的是我們的了嗎？過程那麼顛簸，得到房屋持有權的那一刻，原來這麼輕。可能心懸著過日子的時間太久，就算落了地卻還是彷彿在漂浮。

隔天，貸款銀行除了送了瓶酒到我們的新家，恭喜我們入厝，為了表達他們由於系統當機而導致我們交屋延期的歉意，還主動提供了一張五千美金的支票。在美國，通常有吵的孩子有糖吃，這還是第一次，我們尚未提出任何抱怨，就獲得補償。

成為大人的路上，總是福禍相倚，像是在增添路上的風景。第一次的買房經驗，

像極了人生的縮影：原以為運氣不好，一波三折，甚至還在最後一哩路，遇上了銀行近期最大的系統大當機，沒想到的是，因為這件插曲，竟然獲得了一筆能大抵支付這個月來外宿外食的補貼。人生路上，沒有什麼事情是絕對的。

作家李屏瑤曾經說過，「成人」是「持續成長的人」。對我來說，「成人」，或許是「成為大人」。小時候眼中的「大人」，看起來都自信、努力、神采奕奕，他們知道自己要往哪裡去，對生活中的每個決定看起來都斬釘截鐵，從不迷惘。

其實所謂「大人」的狀態，從來都不是點到點抵達了就停止，而總是在成為（becoming）的路上。那是一段動態的過程，就像長大，沒有人一出生就知道如何當個人，總是持續學習、不停成長。而一個情緒穩定且會為自己的每個決定負責的大人，可能也是在生活中努力假裝自己是個大人，假裝久了，也就成真了。

如果成人有個儀式，這次的買房經驗，彷彿是考驗我們是否合格的鐵人三項。在一片混沌動盪中，理出頭緒、解決問題，最後擁有自己的家。這某種程度好像在說，恭喜你成為大人。

2

曼哈頓的公寓大樓，通常分成共有產權公寓 Co-Op（Cooperative）和自有產權公寓 Condo（Condominium）兩種。

在許多影集書籍裡會出現，董事會權力很大、入住需要面試的，通常是 Co-Op。Co-Op 通常都是老建築，有二戰以前舊式建築的細節與當今少見的建材，內部住戶的空間則大都翻新整修過，以符合當代生活的需求。Co-Op 買的是公寓的股份，沒有產權也沒有地契，大樓董事會的權力很大，所有企圖要購屋的人都需要面試，而這面試不是形式上的會面，而是進行祖宗十八代的身家調查，甚至連豢養的寵物都需要面試，董事會掌握決定誰可以當他們未來鄰居的龐大權力。Co-Op 公寓買賣的價格也需要通過董事會的審核認定，且極少能夠租賃，甚至連自己家裡想裝洗衣機，有牽管線的需求，也需要經過董事會同意。（舊建築通常每一戶裡沒有獨立的洗、烘衣機，大多數也因為建築本身的限制，不能夠牽管線裝洗衣機、洗碗機等比較現代的設備。）

相較之下，Condo 由於買方擁有房屋產權，在買賣租賃上幾乎沒有任何限制，新建案或是比較現代的公寓大樓，通常都是 Condo。Condo 的董事會，則比較像是社區委員會。

Leg!

Break a l

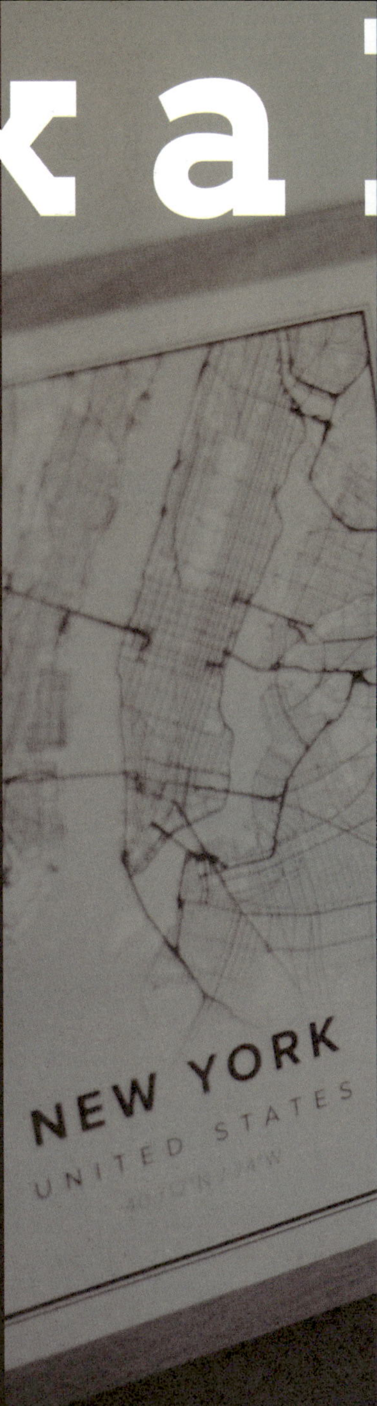

演出順利

「Break a leg!」是劇場裡常用的俚語，用來祝人演出順利。祝不該跌斷腿的人跌斷腿，有點黑色幽默，又帶點劇場人的無厘頭，開演前最常被投擲在空中，祝彼此好運。出了劇場，進了職場，雖然是好意祝人順利，但某種程度，好像真的有什麼斷掉了。

能者過勞

能者多勞，於是能者過勞。

躺平風氣席捲全球，迷因梗圖傾巢而出，一語中的道出許多傳統價值與當代認知之間的差異，一張張圖輕輕提起再重重放下那些習以為常、甚至被推崇為美德的觀念。東方社會強調能力強就多做一點，總有一天會被看見，甚至連相當個人主義的美國，也在漫威電影《蜘蛛人》裡，傳教一般宣揚「能力越大，責任越大」，洗腦式告訴大家，你比別人厲害，就需要做更多事情、扛起更多責任，而這也潛移默化影響著每個對自己的人生有願景、有想像，期盼能在社會與職場的階梯上越爬越高的有志青年。

在職場上打滾幾年後，發現能力越大，責任越大，壓力也越大，而能者除了多勞之外，還會過勞。

研究所畢業，初入社會，秉持著「努力會被看見」的信念，開始在紐約職場闖蕩。畢業後的第一份工作，在曼哈頓俗稱「美國大道」的第六大道上的美國媒體巨頭總部旗下的時尚部門，做著家庭小精靈的工作。我的工作效率，是其他助理的兩到三倍，每天做著比其他人多更多的工作，比別人早到，比別人晚回家，因為我相信努力會被看見，約聘終有機會轉為正職。幾個月過去，我得到了許多同事與主管口頭上的讚賞與感謝，但我依然和其他混水摸魚的助理，領著相同的薪水。每天身體的疲憊讓大腦在回家後只能斷線，只能遠遠望著那個不知道什麼時候會來的職位轉正。

而後，我經歷了主管只會摸頭的日商公司，又到了 Fortune 500 跨國企業的北美電商團隊，過著隨時需要注意有沒有主管訊息、隨時需要秒回，緊張兮兮又神經緊綳的生活——網站早上七點內容更新，我七點以前就會自動起床，提前檢查是否有錯誤或需要及時修正的地方；發現過去這個職位的人，因為工作繁忙，庫存系統亂七八糟，於是我在每天的工作之外從頭整理起，試圖按著邏輯建立體系；休假回台灣，沒想到清晨四點接到跨級主管的電話，他們發現即將開始的促銷功能錯誤，而整個團隊沒有人會做我做的事情，所以沒有人可以解決，但事實上只是設定了排程，所以功能當下無法使用，一點錯誤也沒有，而這在我休假前的信件裡就已經提及；同事離職，於是我一個人做著兩人半的工作做了大半年（之所以是兩人半，是因為主管有時候也會把她自己的事情丟給我），而主管一點也不著急，慢條斯理地面試找替補。那時候在公司基層，但實際上我做的事情，是比我的頭銜高上好幾個位階的工作，我一人當多人用，性價比極高。

不用檢查網站內容更新的時候，早上八點工作到晚上十點；促銷檔期，更是六七點就開始，有時候一路到半夜十一點。那段時間，我沒有生活，工作佔據了絕大多數醒著的時間。我以為，我多接下許多不是自己的工作，更在職責之外主動為公司解決問題，並且把事情做得很好，就能獲得快速升遷的機會，然而，大公司的官僚與制度死板僵硬，無論表現再怎麼出色，還是受限於一定的時程與規範。老闆會不吝惜地給予讚美，而美國的花式讚美彷彿迷魂藥，讓成長過程中接受責備多於稱讚的亞洲人如我，覺得自己的付出有價值，於是更加全心全意奉獻給公司，再怎麼心力交瘁，也還是繼續死命撐持著。在移居社會的職場上，好不容易躋身美國大企業，還是在品牌最重視的北美團隊裡，怎麼能輕言放棄？於是自己洗腦自己，再撐一陣子就會海闊天空。

我覺得我像隻蝜蝂。蝜蝂這種小蟲，習慣背負比自己所能承受的還要多的重量，他一路走，一路繼續把遇到的東西往身上背，這種蟲還喜歡爬高，於是走著爬著，就被壓死了。柳宗元的〈蝜蝂傳〉，以蝜蝂的行為暗諷當時官場上貪得無饜之人。現在回過頭來看，在職場上求好心切的我，的確就是隻蝜蝂。

長期的壓力積累，讓身體開始出問題。我活在別人的眼裡與嘴裡，別人的肯定與

感謝是我每天醒來繼續工作的動力，我的生活等於工作，再也沒有其他東西。

於是當我決定辭職、離開有毒的工作環境，開始寫交接文件並向同事交辦任務時，我彷彿被閃電擊中——我突然意識到，從來沒有什麼非我不可的工作或專案，職場上，每個人都可以被取代。就算接替者的能力沒有我好、做得沒有我完善，到頭來，事情終究會被完成。尤其在大公司，員工彷彿免洗，前人離開了，很快又會補上新人，人人銜著頭銜與光環而來，躋身窄門後，做著並不那麼特別的工作，卻誤以為自己是萬中選一。美國老闆日常毫不吝嗇的花式讚美，洗腦般地讓人覺得自己獨一無二，但其實只是讓員工繼續將全心奉獻給公司的巧舌如簧。進入跨國企業紐約總部，彷彿是實現美國夢的第一步，沒想到，親眼見證了美夢的罅隙，夢醒時分，才發現這原來不是我的美國夢。

還沒出社會的時候，覺得工作就是要從一而終：選定一個領域後，好好深耕，慢慢積累專業和經驗，穩穩地在企業階梯上爬升。然而或許是每件事情都在尋找意義的性格使然，在時尚美妝產業工作到後來感到越來越無力，報告數字依然好看，個人表現也依舊深受讚賞，儘管對於工作內容並不討厭，但也說不上喜歡。再進一步思考，自己日復一日努力工作，追根究柢，都是在幫已經賺了很多錢的大公司大集團賺更多錢。這樣的付出，似乎對這個世界沒有太多貢獻，甚至有點浪費生命。

有目標很好，但意識到問題後，就無法繼續從一而終。

忠誠是雙向的，而它在美國的職場上越來越稀有。看過身邊友人經歷幾番公司的大裁員，無論表現多亮眼、業績多出色、老闆多讚賞、和組內組外同事相處多融洽，公司一聲改組，整個部門灰飛煙滅，裁員不留情面，就算考績優良，還是一聲抱歉，就再也不見，電腦瞬間關機、權限馬上蒸發。於是，員工對公司也沒有所謂忠心，多數人仍舊騎驢找馬，每一次跳槽，薪水都能指數成長。對多數人而言，工作只是為了賺錢，沒有所謂共存共榮，說公司是大家庭的，更是職場紅旗，聽到了最好快逃。

「能者多勞」，出自《莊子・御列寇》：「巧者勞，而知者憂，無能者無所求，飽食而遨遊。」讀書的時候，認同儒家思想多一點，覺得身而為人就是要努力入世、憂國憂民。隨著年齡與閱歷增長，發現道家思想其實更有智慧。不是煤氣燈效應地要人積極向上、貢獻公司、報效社會，而是誠實地聆聽自己的內心，追求生命的開闊與自在。畢竟，無論在東方還是西方，能者只會過勞，而且還沒有得到比較多的酬勞。

黑色星期五創傷後壓力症候群

這幾年每當黑五折扣季虎視眈眈匍匐前進，大家興高采烈討論著有什麼值得買的好物推薦，互相分享推坑著購物清單時，我臉上笑著，心裡卻只有「還好不是我」的如釋重負，彷彿好不容易逃出虎口的倖存者心理，不想再被提醒竟然又到了這個時節。

我有著黑色星期五創傷後壓力症候群，這個全世界彷彿染上了消費主義猩紅熱一般，有計畫沒計畫的瘋狂購物、促銷力度往往都是四、五折起跳的美國最大折扣季，對我來說，是段不堪回首的回憶。

那是在跨國企業旗下品牌，從北美通路團隊換組到北美電商團隊的第一個黑五折扣季。黑五與聖誕節檔期，幾乎佔據了品牌最為重要的北美市場全年一半的營業銷售額，因此只要這兩個月數字達標，接下來基本上照著原本的計畫走，就不必再腦力激盪額外的促銷活動。每年十月開始，電商團隊就得快馬加鞭，為接下來的雙十一、黑五前小折扣、黑五大折扣，以及各種花式的聖誕促銷做足準備，畢竟這時候不努力，假期之後就得更費力。因此，老闆在十一月底、十二月肯放人，就要謝主隆恩，無法奢求放長假，只求能放假。那一年，我破天荒在這一年當中最重要的檔期請了第一次長假——為了回台灣，辦一場由於疫情而延宕許久的婚禮。

對於婚禮，其實我不太在意。我從小就不曾有過公主夢，每當被問到你是哪位迪士尼公主，我都答不出來。為什麼要當公主？當其他人不好嗎？從小到大，讓我曾經著迷的卡通人物，都是有特殊能力、對世界有貢獻的角色，像是《美少女戰士》或是《小魔女 Do Re Mi》，她們有任務、有能力，她們拯救世界。我對婚禮沒有任何想像，如果可以，我只希望過好自己的小日子，登記結婚也就是法定的結婚了，敲鑼打鼓舉辦婚禮大聲宣告我們結婚了，實在不是我的作風。然而人生總是無法事事順著自己的心意。婚禮是長輩們的成果發表會，孩子養了這麼大，總該有個和親朋好友炫耀的場合，而婚禮是最能明目張膽地和別人說，看看我家兒子女兒長得多麼優秀出眾有前途，接受來自四面八方的恭喜與稱讚，也能臉不紅氣不喘的時刻。因此當時在半推半就的情況下預訂了婚禮場地。由於疫情，婚禮順勢延後了兩年，眼看著繳了訂金的場地即將過期，拖無可拖，只能面對終究還是得回台灣辦婚禮的事實。這場不得不的慶典，對我來說，無論生理還是心理，都成為另一場硬仗。

就算在這重要檔期成功請了假，但老闆並沒有要放過我的意思。回到與冬季的紐約有著十三個小時時差的台灣，其中幾天仍然需要遠端工作，這是不得不的妥協，更逼人的是，得繼續照著紐約時間上班，再無可議。老闆們都知道我請假的原因，表面上開心祝福，實際上仍然要求「就算放假也要聯絡得到人」，甚至表示，在飛機上買網路的費用可以報公帳。於是，休假日其實並沒有休息，還是得時時注意手機是否有公司的訊息通知跳出，得繼續保持著秒回的節奏，甚至連在飛機上都不被放過。我的直屬上司頭銜是總監，但實際上她像是個傀儡，並沒有實際的權力，真正左右整個團隊的，是執行總監，她的上司。然而執行總監給的不是大方向，而是每天盯梢所有枝微末節的工作細項，控制狂一般掌握各種瑣瑣碎碎的大事小事。她不會大吼大叫、酸言酸語，她會適時給予鼓勵，那種美國人習慣的花式讚美，她會看進你的眼睛裡，並用誠懇的語氣說：「為了你的職涯發展，我覺得你應該……」回到台灣後，為了配合老闆們的要求，我過著日夜顛倒的生活：日間台灣行程，夜間十點開始紐約工作，一路工作到早上七八點，睡兩三個小時後繼續隔天的計畫。明明回台灣為的是辦婚禮，卻還是一直活在美國的工作裡。對我來說，這彷彿才是真正的黑色星期五。

促銷檔期工作的強度，大概是平時的三倍。休假期間工作做不完卻沒有任何支援，表面上老闆能感同身受，體貼問一聲：「我能怎麼幫你？」但當真正提出要求，得到的卻只有「加油，你可以的」，彷彿灰姑娘的姊姊與後母，要她每天完成應該完成的工作才能休息，而且就算工作完成，每當有任何突發事件，老闆們不管我是否休假，第一個仍然找我，大概因為我不僅有解決問題的能力還責任感滿滿。別人在放假的時候我在工作，別人收假了我當然也得收假。電商團隊全年無休，二十四小時待命，當我遠在台灣休假的時候，竟然清晨四點多接到跨級老闆打來的電話，十萬火急地認為促銷功能出了什麼差錯，但其實什麼問題都沒有，就只是設定了排程，功能暫時不能用，而他們漏看了我的交接信件；在紐約的週末有時候也會收到跨級老闆的簡訊，這時候就得放下手邊所有事，認命打開公司電腦，檢查究竟哪裡出了問題。眼睛睜開的時候工作，眼睛闔上在夢裡還是繼續工作，我的人生只剩下工作。

許多人都說，結婚是一輩子最美的一天。對我來說，婚禮當天，大概是我成年以後最憔悴的時刻。面黃肌瘦卻又虛胖水腫，像泡了水的殭屍，還因長期盯著電腦而虎背熊腰。比起多數人在婚禮前會規律健身、進廠維修，做最多的努力讓自己維持在最佳的狀態，我的身心靈早已因工作而千瘡百孔，無暇顧及外表，因此皮膚蠟黃、體態欠佳之外，疲憊無奈還爬滿全身。如果情緒看得見，我的身後大概跟著一隻闇黑怨靈，我是史上最狼狽的新娘。

原本回台的重頭戲是當個美麗新娘，沒想到反客為主，我竟然仍舊在當紐約救火隊。

婚禮前夕，依然按著紐約時間繼續上班。我已經很努力，一個人做著兩人份的工作，硬撐著日夜顛倒、幾乎沒休息的身體，卻還是被嫌棄做得不夠好。遍體鱗傷，卻還得笑著說沒事。婚禮就在極度隨性且不按牌理出牌中結束了，表面看來圓滿，其實心裡總留有一點遺憾。與此同時，由於工作而累積的情緒持續膨脹且在體內發酵，灼燒出了一個又一個的傷口。連日的思索以及家人身為旁觀者，實在也看不下去工作對我所造成的創傷，於是就在婚禮過後最後一個在台灣遠端工作日的一對一會議上，我向老闆提出了辭呈。

老闆聽聞，震驚到說不出話來。視訊通話，雙方都沒有開鏡頭，但我猜想，她

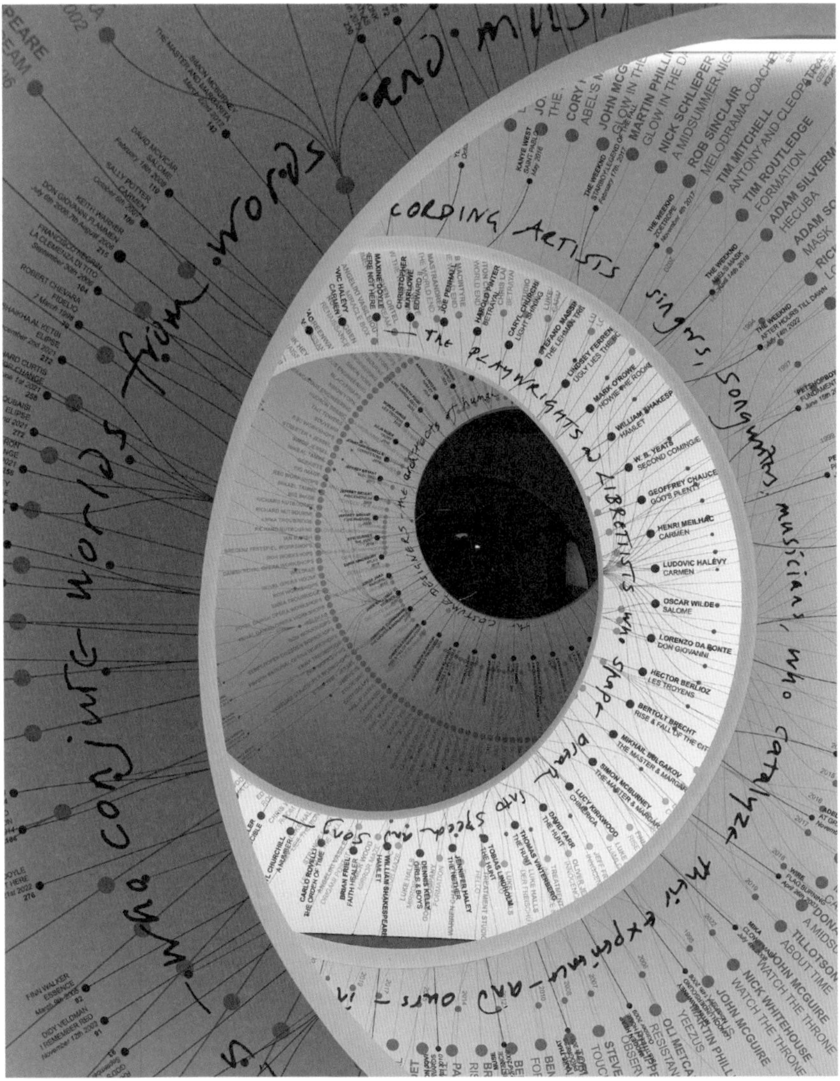
who conjure worlds from words and music
cording artists
singers, songwriters, musicians, who catalyze
their experience - and ours - in
the playwrights & librettists who shape
speech and song

的表情應該說著「不會吧！這麼好用的家庭小精靈竟然要離職了，那我該怎麼辦！」老闆整頓了一下情緒後，說：「這實在很難啟齒，但我就在剛剛，沒錯，就是剛剛，得知了我確診癌症，你是我第一個告知這個消息的同事。我希望你好好想一想再來談。」經歷跨級老闆的極力挽留以及其他組想挖角的旁敲側擊，我還是心意堅定地離職了。美國的離職，通常只需要兩週的交接期，但由於老闆的懇切請求，在一般的兩週之外，我硬是又多留了將近三週。

離職之後，每當逛網拍，看到網頁圖片無法顯示、折扣無法使用，或是使用者不友善的介面，我都會不自覺嘴角抽動，這些都是從前會隨時接到電話，彷彿天要塌下來一般不能接受的錯誤。我的黑色星期五創傷後壓力症候群，隨著離開不適合的環境，逐漸舒緩，儘管每到年末黑五，還是會有點 PTSD，同時在心裡暗自慶幸，還好不是我。

幾年後，在當時其中一位同事即將搬離紐約的餞別派對上，我遇到了前老闆。那是離職後第一次再度見到她。儘管過程煎熬，但老闆的癌症治療很成功，她說，她到現在都還是很感謝我那時候不由分說答應多留一陣子幫忙交接的義氣。派對上，跨級老闆沒有出現。聽說她在我離職幾個月後，升遷了這位即將搬離紐約的同事後，自己也離職了，而她近期動了手術。

啊對了，跨級老闆，是第二代台裔美國人。

月亮與六便士

就在馬上要被升遷前夕，我提出了辭呈。

每週一對一的會議最後，有點尷尬、些許支吾地口頭告知了老闆這個決定。老闆聽了後愣了幾秒，回過神來後開始各種說服：留職不停薪、先請假休息一段時間再決定，總之，幾乎將人資章程上所有的公司福利都順了一遍，看我心意堅定，她說，希望在我正式寄出辭職信之前，把這些選擇都再仔細斟酌考慮過，或是直接跟人資聊聊，看還有沒有什麼其他折衷方案；跨級老闆一聽說這個消息，馬上打了視訊電話來，說我可以開任何條件，只要我願意留下，他們會盡可能滿足我的需求；交接期間，老闆、大老闆輪番百般挽留；其他團隊聽聞，旁敲側擊地想要挖角，說他們會策略性地錄用我。就連到了離職前一天，老闆和同事們還開玩笑地說，下週一歡迎再回來。

選擇在經濟衰退、大企業大動作裁員，且沒有下一份穩定工作等著的時候，主動離開了福利相當不錯的大公司，好像不是個明智的抉擇，但我還是這麼做了。

各種瑣瑣碎碎的小事聚沙成塔了離職的起心動念，但決定送出辭呈最具體的一根稻草，是健康檢查報告上的紅字。在美國，就算有體系內的健保，醫療費用還是相當高昂，因此一些小病小痛，看的總是Google醫生。長期的胃痛、脹氣雖然不到太嚴重但總是不舒服，網路上每篇分析可能為何出現這個症狀的文章最後一項原因，往往都是癌症。健檢報告出爐，可喜可賀沒有癌症，然而報告上的紅字，實在不是我這個年紀該有的數據。除了紅字之外，每晚就算連做夢也都還在工作的自律神經失調，讓我深深覺得，是時候該停下來休息一下，也該更認真地問自己，我究竟想要什麼？工作對我來說的意義，究竟是什麼？

工作越多年，越來越清楚自己在做什麼，卻反而越來越迷惘，越來越覺得什麼事情都沒有意義。我能把份內的工作做得又快又好，還有餘力幫忙別人；我越來越會分析數字、看市場走向，知道如何將效益最大化；我越來越知道在團隊大會上什麼時候該說話、什麼時候該閉嘴，知道該如何與工程師溝通，也了解設計團隊可能會有的痛點；很多時候主管只說了上半句，我不僅知道下半句，還能馬上把它完成。我試圖把至少兩週、最好一個月後的工作全部提前做完，以因應各種突發狀況。大概也因此，當聽聞我的離職消息，其他部門才非常想網羅我。交接期間，每個初次聽聞我的離職決定的同事都錯愕又驚訝，但對我的工作表現都讚譽有加。

天天加班的工作日常，讓生活只剩下工作，對於細節的感知變得越來越駑鈍遲緩；我得到了來自四面八方的稱讚，但隨著時間拉長，讚美也變得越來越輕浮，就只是話語罷了。工作喧賓奪主成了本體，我反倒成為為了完成工作的載體。健康顧慮，是最淺顯易懂的離職原因，但隱藏在冰山之下的，是我對工作與生活兩造角力的迷惘。初入社會，只想著要被看見，但當真的某種程度「被看見」之後呢？現在的這個

眼前有兩道門，月亮與六便士，你選哪一道？

我，是當初剛來到紐約的我想成為的自己嗎？

在其中一次大老闆極力說服我留下來的對話裡，她說：「妳的職涯正在快速上升期，我實在不想看妳把這些通通丟掉。」

這個離職決定，會讓我把過去幾年的累積通通丟掉嗎？

著名英國小說家毛姆的《月亮與六便士》，訴說一位生活安穩、有著一雙兒女、家庭和樂的股票經紀人的故事。有一天，他突然毫無預警地失蹤，為了當畫家的理想拋家棄子，出走了就再也不回頭，就算過著落魄寒傖的生活，只要能畫畫他也甘之如飴。

故事裡提到了另外兩名醫師的際遇：一位是永遠的第一名，在正式進入大醫院擔任專科醫生前，他進行了一場旅行，在旅途過程中受到當地風土民情的召喚、覺得彼處是他前世的鄉愁，因此頭也不回地留下來為當地人診治；一個則是永遠的第二名，當第一名醫師退出後，他理所當然接替了他的位置，於是得到了被社會欣羨的薪水與地位，而他說第一名醫師「把自己的人生給搞砸了」。

毛姆是這麼寫的：「我不曉得亞伯拉罕是否真的把自己的人生給搞砸了。從事自己最想做的事情、生活在讓自己開心的狀態底下、自己心安理得，這樣算是把人生給搞砸了嗎？還是成為知名的外科醫師、年收入一萬英鎊、娶得美嬌娘，這樣就算成功了嗎？我想這取決於你賦予人生的意義、你對社會的要求，以及你個人的要求。……從事自己最想做的事情、生活在讓自己開心的狀態底下、自己心安理得，這樣算是把人生給搞砸了嗎？」

就在正式離職前夕，我和採購部門經理有了一番意外卻深刻的對話。那時候，我們聊到我離職之後的規劃，她說，她雖然不知道我是不是真的這樣想、這樣感受，但她大概懂我。她能把手邊的事情做得很好，卻只是把工作做完而已，她對她在做的事情沒有熱情，而且常常給自己太大的壓力，她一點都不快樂。我從來沒跟她提過健康因素以外其他層面的離職原因，沒想到竟然被她料中了。

「我每次去 Trader Joe's[3] 都覺得我好想在那裡工作，那裡的員工每個看起來都好快樂。」採購經理說。「如果我真的去了 Trader Joe's 工作，我鐵定不可能要到比現在更高的薪水，但至少我會比較開心吧？」她又自顧自地說下去。

對話戛然而止在其他人也加入了會議，但這番不經意的對話非常引人深思，含藏著生而為人的我們的矛盾——一方面渴望快樂、期待實現自我、做有意義的事情，然而同時也希望有優渥的薪水、令人稱羨的頭銜、穩定的經濟基礎、一定程度的生活品質。人們總是在兩者間徘徊，有了穩定，渴望熱情；有了熱情，卻又懷念穩定。沒想到看似天天充滿動力與熱情的採購經理，竟然也有類似的心境。只是，我們在同樣的時間點，做出了不同的選擇。

一個世紀以前出版的《月亮與六便士》，其中的許多道理至今看來仍然醍醐灌頂。距離毛姆的時代一百多年過去，生而為人的掙扎卻沒有改變太多。

工作的最後一天，剛好遇上居家辦公。工作結束後，我帶著公司的筆電和需要歸還的物品，搭上地鐵，最後一次進了公司。除了處理公用設備歸還的櫃檯之外，我所在的那一層樓辦公室，空蕩蕩地一個人也沒有。歸還了電腦、確定所有手續完成，我走進平時辦公的區域，看最後一眼這個讓我愛恨交織的地方。再見了這個彷彿金鐘護體的公司頭銜。走出公司，如釋重負的同時卻有點感傷、有點害怕。面對未來，其實我毫無頭緒，也擔心戶頭裡的數字，接下來只會減少不會增加。不過當時我唯一肯定的是，在這裡工作，並不是我想要的生活。

追求快樂和一份被社會以及世人認可的工作和頭銜，究竟哪個值得花費人生大量的時間與精力呢？快樂和被社會認可的工作難道會相違背嗎？不過話說回來，如果少了這份工作所能換得的生活品質，那樣的我們又會快樂嗎？

月亮是崇高不可企及甚至有點虛幻的夢想，六便士則是為了生存、為五斗米折腰的穩定收入，多少人只是偶爾抬眼望一望月亮，而後又繼續低頭追逐賴以溫飽的六便士？

轉大人的過程，總是在得到以及失去一些什麼——得到了經濟上的穩定與獨立，可以擁有與體驗以前可望而不可及的物質與經驗，在社會上扮演一個有貢獻的生產者，安穩的生活越來越上軌道，一切看起來都這麼合情合理，順理成章，但失去的，或許是再次成為自己的勇氣，是為自己想做事情的放手一搏。

追求理想的快樂生活還是世俗認定的物質成就，月亮與六便士，大概是生而為人永恆的難題。

3 Trader Joe’s是美國的連鎖超市，除了低價卻不失品質的食品之外，還以其獨特活潑的企業文化著稱。

休假拓荒者

如果你的公司制度允許無上限的帶薪休假，你一年會休幾天？

美國近幾年，有越來越多公司採取無上限帶薪假（Unlimited Paid Time Off）的制度，言下之意就是，只要敢請假，而老闆也准假，就能隨心所欲想放多少假，就放多少假。然而理想總是豐滿，現實總是骨感。調查顯示，享受無上限帶薪假制度的員工，真正休的假反而比有明文休假天數規定的員工還要少。被給予了休假彈性，沒想到卻不敢放假了，這難道是一種挑戰當代人性的新制度嗎？

無上限帶薪假，某種層面而言，是個表面上看來寬待員工，給予更大的彈性與

自由，實則對公司有利的制度。有休假額度上限的公司，在員工離職時，需要將員工還未休到的假期時數兌換成薪水，然而採取無上限帶薪假的公司，因為沒有明訂的未休假時數，無論員工有沒有休假，什麼也不需給付。再者，沒有了白紙黑字的休假天數，人資與上司大多不再提醒要記得休假，而員工也擔心放假是否會對未來有所影響，於是假放得越來越少。

在紐約這個競爭激烈的城市，每個人拚了命地想往上爬，給予休假的彈性，大多時候反倒讓人不敢認真休假了。

美國的職場文化裡，許多人才剛放完長假，正準備收心上班，公司一聲通知，沒想到就這樣被消失——沒關係，就繼續放假吧，不用回來了。員工休假期間，彷彿成為公司變相考核這個員工重要性的時刻。通常休假的人都會把休假期間的工作提前做完再放假，但難免有一些緊急或是臨時的狀況，這個時候，同事間會明顯感受到，少了這個人，工作起來礙手礙腳，那恭喜，這名員工在公司的重要性被肯定，放假回來還是會安全上崗，而收假後回到公司第一天，大家都會說聲：「歡迎回來。」

休假時間不打擾，是老闆與同事的溫柔。然而責任感彷彿緊箍咒，在人休假時讓人良心不安，罪惡感總是沒來由地爬上身，於是三不五時還是會確認一下信件以及公司通訊軟體，深怕錯過任何重要訊息，看到能馬上解決的則會毫不猶豫按下回覆，能完全脫離工作、真正放假的機會實在少之又少。剛進入跨國企業的菜鳥時期，每一步都走得戰戰兢兢，就算休假，還是常常打開手機的信件應用程式查看訊息。一次，我順手回了信，沒想到信件才剛寄出沒多久，竟然收到了同事的私訊：「Elise！放假就好好放假，不要再工作了，休假愉快！」而後換了產業、也不再是菜鳥職等，偶爾在休假期間或身體不舒服請假時回訊息，同樣也會收到同事們要我不要再工作，好好放假休息的回應。或許在美國職場，講求的是一種對等與同理，同事們不想要在自己休假時也還繼續回信，但這需要所有人好好遵守，創造默契與共識，因此釋出這樣的關心。

現在所在的公司，每年有兩週的身心靈健康假（Wellness Week），加上聯邦政府的國定假日，表訂一年會有二十一天假期。除了公定假期，據我的觀察，同事們一次休假，通常都只請兩三天，偶爾請一週假期，連續請兩週甚至以上的，除了育嬰假，實在不多，大概大家都不想挑戰公司以及團隊的極限。

然而，我就是那個一直測試公司、挑戰老闆的休假拓荒者。

從紐約回台灣，飛行時間平均為十六個小時，來回的航程通常兩天假期就消失了。回家的路迢遙，因此每次回台，總希望待的時間能越長越好，才能盡可能最大化搭機時間與機票的效益。有時候不好意思連續請太長的假期，會遠端工作個幾天，打散休假的時間，創造一個我好像並沒有離開太久，且一直都能聯絡上的錯覺。連續請兩週假期，在我的以身試法下還行得通，加上遠端工作，在台灣待三週並沒有問題。兩週的假期說長不長，但相比組內同事們一次只請兩三天的休假常態，連續兩週不見人影，在老闆眼裡，已是天長地久。因此放長假前，我總習慣要做出點成績，證明自

The New

己就算不是無可取代，至少憑我的能力，短時間內公司還是難以找到滿意的替補人選，並且在放假前夕，把成績亮眼的報告主動上呈老闆，看見老闆眼神裡的滿意，才敢安心放假。

前陣子臨時安插了兩週的回台行程，收假回紐約後仔細一算，發現公司表訂的二十一天假日不算，才九月我竟然已經紮紮實實放了四個禮拜！身為非常負責任的亞洲人，可能還有一點工作狂體質，不算週休二日，原來我已經休假休了整整一個月！難怪放假放到後來，心開始虛懸，腳踏不到實地，甚至開始擔心起我會不會是下一個放假放到被消失的人。幸好目前看來，休假拓荒者的工作表現，還撐得起她的休假天數，她值得這麼多的休息。

在美國網路論壇 Reddit 關於無上限帶薪假的討論裡，有人總結，如果一般有固定帶薪假的公司放四週，那麼採取無上限帶薪假的公司，讓員工放個五到六週也不為過，畢竟這是項福利，總得比有明文休假額度的公司給得再多一點。數據在手，我申請休假時不再心虛，開口也開得更理直氣壯。既然這是公司的制度，我只是在使用我應得的福利而已。

只要和美國人以及歐洲人共事過，通常都能明顯感受出不同文化對待工作，其態度上的巨大差異。在歐洲人眼裡，美國人，或說紐約人，絕大多是都是工作狂，但工作狂平時努力工作，放假也放得更心安理得。美國人追求也尊重工作與生活的平衡，通常只要提出休假申請，很少會被回絕，有些時候，要求放假的天數太長，會有些協調，但絕大多數都會被核可。工作時努力工作，累積表現並適時亮出成績，清楚自己的價值，並在公司裡當自己的公關，要求放假時才不會嘴軟。這是我身為一名曾經被工作綁架，而今是一名休假拓荒者的肺腑之言。

主題標籤

社群時代，有了主題標籤（hashtag），才有機會被更多人看見，才有可能觸及更多的潛在觀眾，也才有更多機會享受那成名十五分鐘的焦點與掌聲。小小一個井字號，能連結一整個宇宙，把網路上所有標註了這個標籤的貼文，透過「你可能喜歡的」演算法，根據熱門程度一一呈現在標籤頁上。透過主題標籤，人們更容易搜尋到對同一個主題有類似喜好、相似經驗的人，於是，我們為每一則貼文下標籤，分門別類，檢索分析，為的是找到最大的觸及，把自己推向更大的世界。

我們也開始為自己的生活貼標籤，彷彿標籤才代表一個人的價值——在哪所學校讀書、讀到什麼學歷、進了哪間公司、職稱是什麼、拿到什麼待遇、和誰是朋友、

6 Av
ONE WAY
BUS LANE
BUSES ONLY
7AM - 10AM
MON - FRI
SALON ZIBA
2ND FLOOR
ONLY
BUS

住在哪一區、提什麼包包、是否買房買車買股票，這些全都成了衡量這個人在世界上「成功」與否的標準。生活中的每一件事，都是一個標籤，明示暗示這個人在世界上的價值，彷彿每多一則標籤就加十分，也因此人們樂此不疲地往自己身上貼標籤。

小時候很喜歡一本名為《你很特別》的繪本，故事講述一群叫做微美克人的小木頭人，每天都在為別人貼貼紙——看到別人光澤鮮麗、漆色漂亮，就為他貼上星星貼紙，有才華、有能力，也會得到星星貼紙，但若是有瑕疵、褪色，或是表現得比較笨拙，就會被貼上灰點貼紙。人們以身上的星星貼紙自豪，而被貼上灰點貼紙的人則感到自卑。直到有一天，村裡出現了一位完全沒有貼紙的木頭人，所有貼紙到了他身上都會自動掉下來，原來，貼紙只有在被貼的人也在乎的時候，才黏得住。故事到最後，收結在每個人都獨特而美麗，應該要看見自己的長處，不要迷失在他人的目光裡。

出了繪本，進入社會，人們對於星星貼紙的追求變本加厲，變得越來越急功近利、越來越求速成，生活汲汲營營就是為了搜集星星貼紙，彷彿只要將清單上所有項目打勾、拿到全部的貼紙，人生就能搆著所謂的「成功」，晉升古今中外成功人士的行列。

如果成功有形狀，那應該是星星的形狀。

剛搬來紐約時，非常有感標籤的效率與力道。社交場合上，外表行頭是第一眼的名片，但讓人決定是否要繼續聊下去的，通常都是身上是否有星星，或是帶有獲得星星的潛力。以學生的身份遊走社交場合通常吃虧，學生有各種可能，卻還什麼都不是，幸運的話，能得到前輩的五分鐘，但更多時候只是禮貌性地招呼就被略過。經歷過種種禮貌迴避的眼神與藉口，讓人竭盡全力地想往自己身上張貼讓人印象深刻的標籤，標記一個人人都聽過的名稱與頭銜，為的是換來對方更多的專注。於是畢業以後，我持續在紐約追逐標籤，累積了一些別人聽過的名字，卻越來越不知道自己是誰，越來越忘了自己的名字。面對一片在黑夜裡熠熠生輝的星光燦爛，就算自帶星光，大多時候看到的，也依然是別人的光。

二〇二三年初，我在沒有備案、沒有下家，只因生理和心靈都達到了臨界的情況下，離開了美商跨國企業，決心放自己一段沒有目的、不為什麼的假期。離開美國公司，我飛往歐洲待了一段時間，遊歷散心之外，也以駐外編輯的身份，參加了人生第一次的巴黎時裝週。沒有了公司的名聲與職稱當庇護，沒有了言簡意賅介紹自己的標籤，認識新朋友時，難以在三言兩語間道盡我究竟在做什麼，「我是誰？」成了這段時間心裡最大的詰問。無論在歐洲還是美國，甚至回了台灣，少了一張淺顯易懂的社會標籤，很多時候能明顯看出對方的興趣缺缺。裸辭初期，我試圖用許多具體正在做或是曾經做過的事情描述自己，對方的眼神裡，透露出疑惑而後是毫不在意，我愈是用力，就愈得到反效果，到後來，我漸漸不再描述自己，我就是我，成為一個難以定義的人，也是一件有趣的事吧。

標籤成了舒適圈，意味著社會大眾的認可，是自己在體制內能做得很好的證明，也因此，很多時候會讓人誤以為，這種從小到大所追求的表現與他人的肯定，是生活中的理所當然，是值得努力的人生目標。我仍然欣賞別人的標籤，欣羨他人的頭銜光

環薪資福利，但這個羨慕的情緒，已經和從前不太一樣。我不再追趕、減少攀比，是真心為對方的標籤感到開心，但我自己，不一定需要這樣的標籤。

隨著演算法的推進，主題標籤也不再管用，小小一個井字號已經無法帶領人進入更大的宇宙。社群媒體的興盛，讓生活與職涯看似有了更多可能，單一的賽道已無法滿足許多人。或許，這個時代，如果成功有形狀，會是自己的形狀。

薛西弗斯的神話

海外工作不知為何總帶有一層濾鏡，或許距離產生美感，遠遠看著總令人憧憬：同樣的工作，有更高的薪資、更理想的工作生活平衡、更平等開放的職場文化、更大的晉升空間、更多的個人成長，隔著一道海洋，工作這件事似乎變得可期可待了。然而紐約的工作日常，和在其他大城市裡，並沒有太大差別——進公司、處理手邊事項、開會，午餐。除了有員工餐廳的大企業，絕大多數紐約工作日的午餐，常常是快速買個方便外帶的食物，回到辦公桌前一個人對著電腦吃，而後繼續開會、完成待辦事項，下班。海外工作像個神話，遠看圓融美好讓人欣羨，近看才發現，它依然是由許多不完美甚至有缺陷的現實所組構而成。

紐約市的通勤，和其他大城市的通勤，也並沒有太大不同——大家擠上地鐵，開始在黑暗的地底下移動，並進入自己的小迴圈：看人、看書、滑手機、打瞌睡，偶爾遇見在移動的車廂裡唱歌、跳舞或是情緒勒索的萍水相逢的同車廂乘客，激起一些通勤的波瀾，而後下車、出站、進公司。八小時以後，再次刷卡進入地鐵站，搭著搖搖晃晃的老舊列車，再一次進入這個迴圈循環，而後出站、回家。

唯一不同的地方大概在於，行進中的紐約地鐵完全沒有訊號，是收訊格會出現ＳＯＳ求救標示、和外面的世界完全斷聯的真空狀態。比起其他大城市，紐約地鐵有著更多怪人，是個需要時時刻刻保持警覺的空間，但最惡名昭彰的，莫過於那昏暗髒臭，雜揉著屎尿、體味以及強力清潔劑，獨屬於這座城市的特殊氣味。

紐約地鐵的通勤，就是這樣一個危機四伏又不舒服的咬嚙性的存在，然而每天還是有三百六十多萬人，主動將自己推進這個空間裡。週一和週五居家辦公，週二到週四，我搭上地鐵，在昏黃的燈光下搖搖晃晃，通勤上班，八小時後，又搖搖晃晃，通勤回家。

混雜在人群中、進入地鐵的封閉迴圈，在這樣彷彿短暫與世界抽離的通勤時刻，我常常有種以第三人稱的視角俯視自己所處環境的錯覺，那種彷彿全知的觀看角度，每次都讓人想起卡繆的經典。

卡繆《薛西弗斯的神話》裡，有一段堪稱「當代打工人生活詮釋」的經典文字——

生活的框架是會坍倒的。

起床、搭電車、四個小時的辦公室或工廠、吃飯、搭電車、又四小時的工作、吃飯、睡覺，星期一、星期二、星期三、星期四、星期五、星期六順著相同的節奏，大部分時間這樣持續是很容易的。然而，一旦某一天，浮上「這到底是爲了什麼」這個疑問，在帶著驚訝不解的厭倦之中，一切便開始了。

「開始」，這很重要。

多年以前，我深信自己會走上學術之路，拿到博士學位，順利找到教職，一路過關斬將成為教授。畢竟一直以來，我都是這麼成長、這麼過活的——設定好目標，就頭也不回地勇往直前，直到達到終點為止，就算過程再怎麼不快樂，撐下去就是我的，堅持下去，絕對會達到目標。然而申請美國博士班失利，讓我停下來認真問自己：如果我這麼討厭寫論文，那麼讀博士的意義究竟是什麼？走進學術象牙塔，研究與教學是兩大重心，學生時期，接了幾年家教，得出我不喜歡教學的結論，雖然喜歡讀書思考做研究，但痛恨寫論文。對於學術工作最重要的兩個部分都如此興趣缺缺，我真的能走上學術的道路嗎？就算運氣好申請上了博士班，我真的能繼續堅持到升上教授嗎？寫論文時候的我，生活百無聊賴，文字對當時的我來說，只是交差的工具。

我知道我想出國讀書，我對時尚、藝術與美的事物感興趣，那何不嘗試另一條路？申請第二個碩士的過程意外順利，我申請了三間位於紐約的研究所：紐約大學、帕森設計學院，以及紐約時尚設計學院，三所都順利錄取，還拿到帕森的獎學金。轉彎進了時尚產業，我以為我會就此安分地在這個領域待下來，畢竟這是我從前欣慕嚮往的地方。然而當我成為了搭著地鐵上班下班、在時尚產業裡努力爬著企業階梯的上班族後，正如卡繆所言，浮上了「這到底是為了什麼」的疑惑。我在光鮮亮麗的時尚美妝公司，機械化地完成每天的工作，效率與產能很高，卻像一台效能好卻沒有方向的機器，心裡好像有一塊什麼不見了。那是一份對自己正在做的事情的質疑，知道怎

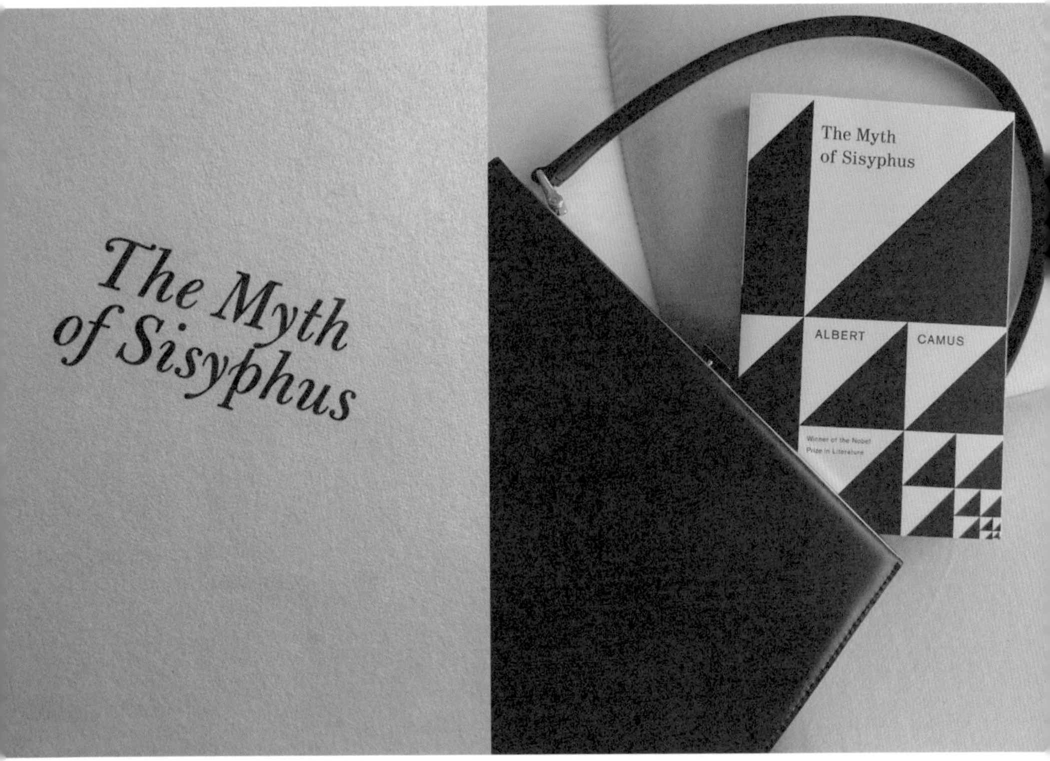
The Myth of Sisyphus
The Myth of Sisyphus
ALBERT
CAMUS
Winner of the Nobel Prize in Literature

麼做能做得很好，和真心認同自己正在執行的任務，是兩件截然不同的事。

小時候，期待著長大後能夠 make a difference——因為我的存在、我的付出，讓世界有那麼一點點不同。長大後，現實從四面八方逼近，已經很久不曾想起從前那個想讓世界變好的自己。

來到百老匯劇場界，現在的職位一部分職責和教育有關。從國小、國中、高中到大學，只要有戲劇公演，就有劇目授權的需求。看著幕後記錄裡，學生們有點害怕卻又澄澈無比的眼神，和公演時他們在舞台上閃閃發光的模樣，突然覺得自己的工作很有意義。現在的工作，依然還是有數字要追逐、有固定的任務得完成，但好像多了一點價值。某種程度上，這份工作好像間接幫助了這些學生們的成長，讓他們的學生生涯裡，有一段難忘的回憶，也讓那些好的故事、好的劇本，有得以被演出的機會。不過或許某一天，我又會開始厭倦這樣的生活，再次質疑工作的意義。

希臘神話裡，薛西弗斯被懲罰他的餘生要不斷把大石推到山頂，而當石頭抵達山頂，又會因為自身的重量而滾落山腳，薛西弗斯終其一生一直在重複推石頭這件徒勞無功的事情。對希臘眾神而言，沒有任何處罰比這種徒勞而無望的勞動更可怕，但對薛西弗斯來說，這或許是他對諸神以及命運無聲的反抗。

列車再次進入隧道，又進入無訊號的真空狀態。海外工作並不夢幻，生活中還是有許多令人厭世的時刻。在這樣的通勤路上，尤其在氣溫零下的寒冬裡，總會讓人不想出門、不想上班。不過話說回來，人生也不一定得一直尋找意義、賦予價值，一直當著薛西弗斯，有時候，當那顆不停被推著滾動的石頭好像也不錯，畢竟過得健康平安，也已是幸運。

Room

Dressing

休息室

我為了進入時尚產業而來到紐約，卻也因為看清真相而黯然退場。我在慾望城市裡陶冶品味、優化衣櫥，藉由物質的搜羅，鍛鍊眼光，透過衣著打扮，投射出理想的自己。

塑膠收納箱裡的柏金包

我在小小的時尚衣櫥裡，那枚躺在塑膠收納箱中的深藍色鱷魚皮銀扣愛馬仕柏金包上，見證了時尚產業裡的華麗與污痕、浮華與蒼涼。

包包是個強而有力的文化符碼，是個許多人搶破頭，想方設法也要弄到一枚，能象徵階級與財富的神奇配件。就實用層面而言，包包不過就是個裝東西的袋子，但資本主義社會是個符號帝國，人們所使用的每樣東西、所造訪過的每個地方，都代表著某種意義，而其中，包包是個最簡單也再鮮明不過的階級符碼。上東區的媽媽們，需要一枚柏金包才得以融入社區媽媽群，才能獲得學校第一手的資訊與內幕。有了柏金包，好像在交際上變得更容易，不用說話，一枚包包以及身上的穿著，已然成為行走

二〇二〇春夏紐約時裝週 LONGCHAMP 在林肯中心的大秀現場。照片中的模特兒為 Kendall Jenner。

的名片，這也讓人誤以為，擁有這樣的物質就能打進下一個關卡，晉升一直崇仰羨慕的小群體的其中一員，彷彿藉此就能獲得階級的攀升或財富的積累，然而，包包就只是包包。

從帕森設計學院（Parsons School of Design）研究所畢業後，幸運得到了一份在紐約大媒體集團旗下時尚雜誌的工作機會。這聽起來好像是每個時尚學院畢業生的夢想工作，或是《穿著 Prada 的惡魔》的具體再現，但其實，這就只是一份不需要任何專業能力（好吧，可能需要對奢侈品牌、設計師品牌，以及小眾、新銳和潮流設計師有一定的認識）、出賣體力的基層勞力活。

時尚衣櫥助理，有些雜誌可能統稱為時尚助理，他們不是編輯助理，和書寫、造型還沾不上邊，他們是雜誌裡專門負責整理商借品的體力勞工。每間時尚雜誌，至少都會有一間時尚衣櫥。時尚衣櫥不是真的衣櫥，而是一間沒有對外窗的獨立小房間，裡頭由開放式衣櫃和活動式衣桿所組成，大約六坪的小小空間裡，收納了從各大品牌

這些只是一場拍攝向各大品牌商借樣品的冰山一角。

商借來、才剛走完秀的秀服樣品。這裡收納著最新穎、最光鮮的衣服鞋包墨鏡珠寶，但更多的，其實是灰塵與棉絮。時尚助理出賣勞力，最好還有著對灰塵、棉絮、塵蟎不過敏的良好免疫力，能一肩扛起兩個重達二十磅的衣物袋，或是能一手一個拖著各七十磅的貨運箱走上長長的廊道，拖進貨運電梯裡，以及能在高壓與高強度下，臨危不亂、有條不紊地完成指定任務的超高效率。

時尚助理每天的工作，就是將向大大小小的品牌商借來的、準備進棚接受拍攝的昂貴樣品拍照歸檔、打包裝箱，再將已經進過攝影棚過檔的商借品重新拍照歸檔、打包裝箱，一一歸還給品牌。這是一份每天都在重複的工作：一樣的拍照、一樣的歸檔、一樣的整理流程，唯一不同的只是，每天看的衣服包包鞋子配件珠寶都不一樣，讓人每天有動力的，就只是能在商品上市前、在市面雜誌流通前，看到品牌每一季最新的單品，以及一個只要撐下去，未來就能當上時尚編輯，過上發想企劃、撰寫稿件、參與造型工作、跑時裝週與品牌活動的想像中的夢幻生活。

在一期海軍藍包包特輯拍攝前，來自法國與義大利老牌時裝屋的包袋們在佈滿灰塵、鋪著不知道是本來就是灰色，還是是髒得均勻又徹底已成灰色的地毯上一字排開：Chanel、Chloé、Louis Vuitton、Fendi、Valentino，以及一枚深藍色鱷魚皮銀扣二十五公分愛馬仕柏金包——這個市面上最搶手的尺寸配上珍稀皮革，這個需要和SA套交情、談配貨，全世界都排隊的柏金包，就在灰色地毯上一字排開的拍照紀錄後，和其他包包一樣，被拋置進時尚衣櫥裡專用的透明塑膠收納箱裡。

研究所讀時尚理論，一開篇通常都是馬克思（Karl Marx）討論時尚作為一種商品，以及齊美爾（Georg Simmel）主張時尚趨異求同的雙重性——人們想要融入群體，但同時又想要展現個人獨特性。接下來，大概就是范伯倫認為服裝是一種金錢文化的表徵。托斯丹．范伯倫（Thorstein Veblen）是十九世紀美國的經濟與社會學家，他在世紀末出版的《有閒階級論》裡，抨擊當時社會的「炫耀性消費」風氣——人們透過展現奢侈的消費行為與賣弄財富，來凸顯自身的尊爵不凡，或藉此獲得社經地位。

一百多年過去，炫耀性消費的風氣仍盛，無論是實體的物質還是抽象的經驗，在大多數人們的潛意識裡，成就，在於達到某種可炫耀或可賣弄的財富與地位。人們總是會欣羨自己所沒有的，因此藉由稀缺與難以達成，創造自己的獨特性。階級與排外，是時尚根深柢固的必要條件，沒有這種把大多數人屏除在外的特質，時尚就不存在。如果納入了所有人，就不再具備讓人產生「被選中的一群」的優越感與獨特性。

從美學與歷史的角度來看，時尚很迷人很夢幻，然而就其本質而言，其實就只是以商業為核心，不停追求符號意義的物質文化而已——就像齊美爾所主張趨異求同的雙重性一樣：眾人想擁有大家都擁有的品牌單品，證明自己是「同一群」，但又想要展現自己與眾不同的獨特。撇除物質性與商業性，時尚究竟還剩下什麼？是歷史或是文化嗎？還是美感以及運用布料傳遞訊息的敘事？是透過服裝傳遞個人主張與性格的方式嗎？還是只是為了順應社會運行的規則而能躋身上流的手段？品牌極力打造一個讓人意想不到的奇幻夢境，並帶領人進入其中做夢，為的是什麼呢？

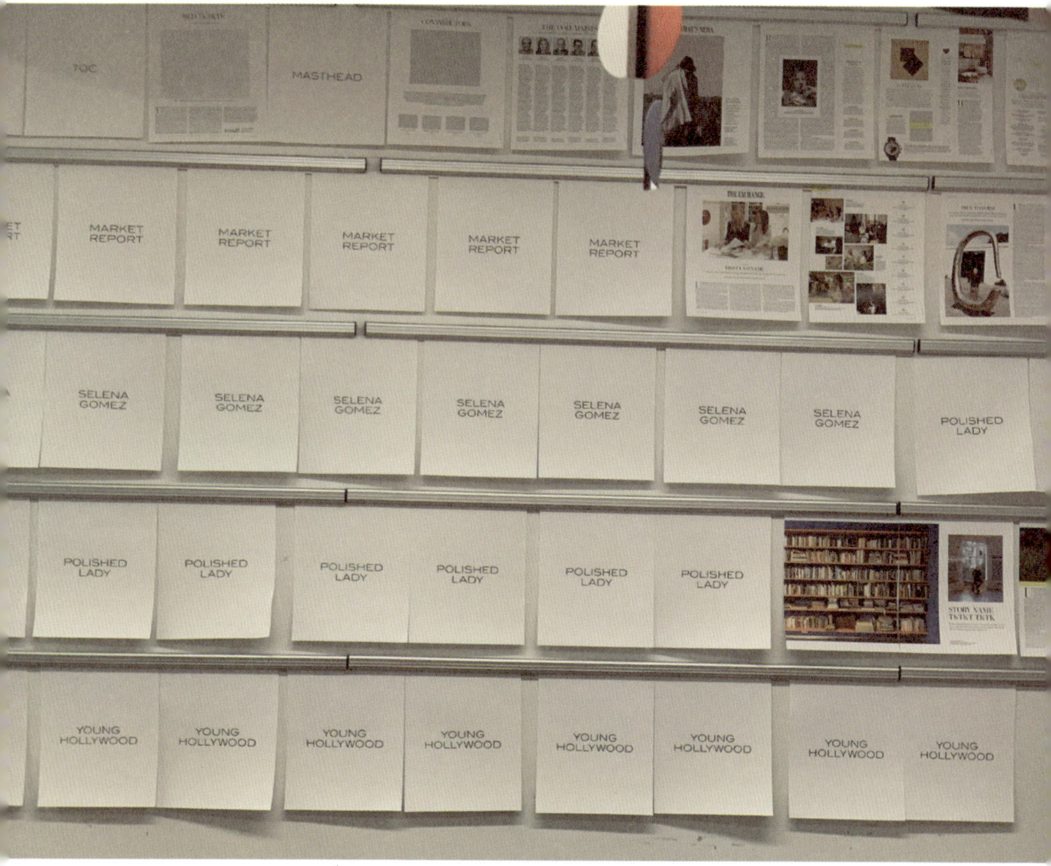
TOC
MASTHEAD
MARKET REPORT
MARKET REPORT
MARKET REPORT
MARKET REPORT
MARKET REPORT
SELENA GOMEZ
SELENA GOMEZ
SELENA GOMEZ
SELENA GOMEZ
SELENA GOMEZ
SELENA GOMEZ
SELENA GOMEZ
POLISHED LADY
POLISHED LADY
POLISHED LADY
POLISHED LADY
POLISHED LADY
POLISHED LADY
POLISHED LADY
YOUNG HOLLYWOOD
YOUNG HOLLYWOOD
YOUNG HOLLYWOOD
YOUNG HOLLYWOOD
YOUNG HOLLYWOOD
YOUNG HOLLYWOOD
YOUNG HOLLYWOOD
YOUNG HOLLYWOOD

時尚產業以及其中的每個品牌，勾勒出了一個「每個人都想成為我們」的藍圖，而品牌的經典單品成為每個對時尚有憧憬的人們的敲門磚，然而當擁有了這項品牌單品，馬上又有了下一項想要追求的物件。永遠有下一個最流行的包、下一雙最時髦的鞋、下一件必須要擁有的品項，但是很抱歉，就算擁有了這些東西，你依舊是個局外人。

受過學院的訓練，再進入時尚產業，常常覺得矛盾：那些明知都是被塑造出來的意義，為什麼還是有那麼多人趨之若鶩？而自己為什麼還要為這樣虛幻的世界賣命呢？

品牌的商借品，除非有嚴重髒污，否則極少清洗。為了配合檔期，同一件衣服在短時間內被明星、模特兒、網紅們穿過一次又一次，在紐約與美國境內流轉，而後又被運送到歐洲與亞洲，之後再飛回來，仔細看的話會發現，那些光鮮亮麗的禮服上其實有很多污痕、脫線與毛邊。

華麗與污痕，是《哈利波特》裡書店的店名，用來形容時尚產業，也十分貼切。那些在台前最光鮮亮麗，最能代表身份地位的符碼，其實就其物質層面而言，就只是個會磨損、會折舊的物品，物質無法不朽，但符號可以。

那天在淩亂又佈滿灰塵棉絮的時尚衣櫥裡，眼前那個爬滿刮痕的老舊透明塑膠收納箱裡堆滿了包包，而最上面躺著一枚愛馬仕鱷魚皮柏金包的畫面，成為我在時尚產業工作的這幾年，最鮮明的註腳。

荒謬慶典上的胡桃鉗鼠王

一回神，我已經和一群同事站在布魯克林巴克萊中心（Barclays Center）正門口，正準備加入長長的人龍隊伍，排隊進場看瑪丹娜的慶典世界巡迴演唱會（The Celebration Tour）。

事情究竟是怎麼發生的呢？我原本還在公司的年末節日派對上把酒言歡，突然一個轉身，眼見一位聖誕老人蹣蹣蹣地一顛一顛走了進來，拿起麥克風唸了一段神秘企劃的線索，而後同事們合力完成了三幅拼圖，分別是Vogue、聖母瑪莉亞，和節慶愉快，執行長這時突然拿起麥克風大聲宣布：「我們要去看瑪丹娜啦！」於是大家就從曼哈頓瞬間移動到了布魯克林。如果這個晚上是部電影，這個部分僅能以蒙太奇處理。

派對前一週，公司的創辦人暨執行長，寄了封首尾具足還句句押韻的詩，祝賀大家佳節愉快，並提供了 after party 的各式線索。年末忙碌，我絲毫沒有將這件事放在心上，沒想到戲劇產業竟然連慶祝也如此戲劇化，充滿了轉折與張力，但是，將全公司的人帶去看瑪丹娜演唱會？！想像公司尾牙進行到一半，老闆突然上台說，我們全公司現在要去聽張惠妹演唱會囉，唷呼！那樣的震驚。

我很少聽演唱會，只要一想到上萬人同時處在同一個屋簷下，胃就一陣緊縮。杞人憂天的個性使然，我總是會在心裡把事情的各種可能篩過一遍，然而萬人場合已經超出我的想像界域，實在無法預期發生了事情能如何應對。百老匯一千以上、兩千未滿的座位，是我的人群舒適圈，大都會歌劇院接近四千個位置的場地，勉強還能接受，但巴克萊中心能容納將近兩萬人，那樣的人潮洶湧，光是用想的就頭皮發麻。不過都答應參加 after party 了，況且還不用自己搶票付費看瑪丹娜，也算是年末的見世面，再說，這是我第一次在紐約參加這麼大型的指標性演唱會。

同事們陸續進場，大家忙進忙出，不斷離席再帶著酒精飲料回到位置上。眾人皮膚開始漲紅，一如節慶的顏色，面部表情也開始模糊，然而三個小時過去，舞台上依然沒有任何動靜。原本滿心期待的演唱會開始起了毛球，全場觀眾開始騷動鼓譟，噓聲此起彼落，像是紐約冬天脫衣服時逼逼啵啵的恐怖靜電。住在長島的同事為了趕末班火車，連個娜姐的影子都沒見到就黯然離場，也有越來越多人受不了瑪丹娜的漫長等待，毅然決然生氣離席。表訂八點半開始的演唱會，一路等到十一點，眾人油盡燈枯，官方表示器材很不巧出了問題，但小道消息指出，娜姐其實人在曼哈頓跑趴。終於終於，女皇降臨，全場一萬多人的毛躁瞬間被撫平，尖叫歡呼四起。

這大概是我看過最華麗的舞台。和劇場的華麗不同，演唱會的舞台是大眾的，它的壯觀在於空間的數大便是美，它的華麗根植於最譁眾取寵但最讓人無法忽視的燦爛奪目閃爍燈光，它的精彩奠基於最整齊劃一最炫技卓越的舞者，而它的迷人也在於演唱者本身的個人魅力與其作品陪伴我們度過的人生時光。瑪丹娜的慶典巡迴演唱會，在圓形的主舞台之外，又延伸出筆直的伸展台，伸展台一路延伸，延伸到彷彿沒有盡頭，那是個我光用看就累了的超大舞台。六十五歲的瑪丹娜，竟然能在這麼大的舞台上唱跳三小時，真不愧一代女皇。娜姐每首歌都有專屬的表演服，細數她出道以來所創造的經典時尚時刻，她的舞台絢麗：魔幻旋轉舞台、拳擊格鬥場、無論男女舞者皆裸上身吊掛在有著一個個十字架的旋轉木馬裝置。當全場氣氛炒到最熱，下首歌，氛圍丕變，鋼琴緩緩升上舞台，彈琴的，是瑪丹娜的女兒，再下一首，投影布幕降下，畫面投影出數十數百個黑白人臉，抒情的敘事流淌在萬人之間。娜姐的慶典上，每首歌都自成一個宇宙。

然而我是這個宇宙中脫離軌道的流星。

為了避開散場人潮，我下定決心提前離席。我逆著聲音與熱鬧，走向巴克萊中心的側門。我推了推場館藍色的鐵門，這鐵門笨重得彷彿吸收了全世界的重量，再加上只屬於紐約冬季的妖風推波助瀾，讓門更加嵬然不動。我使出全身力氣，好不容易推了個小縫，順勢滑了出去，沒想到，我的大衣卻在完全離開場館之前，被大風吹得加快闔上速度的鐵門硬生生咬住，人往前走，卻被揪住衣襬，大概是這場慶典還不想放我走。

那藍色的鐵門有著只能從建築物內側開啟的設計，因此無論我又推又拉，鐵門紋風不動，我顧不了布料可能會被扯破而用力拉扯我的衣襬，但依然也絲毫起不了任何作用，我像隻被陷阱夾住的鼠，在鐵門邊動彈不得。

進退維谷之際，所有可能在我腦中迴旋，最糟的情況，就是在零度的冬夜裡，棄我的大衣而去。但是我身上穿的，是來自九〇年代末期、設計師 Nicolas Ghesquière 剛加入 Balenciaga 時所設計的沙漏型羊毛大衣啊！論版型、質料還是剪裁，都是萬中選一，是我好不容易才找到的收藏，實在捨棄不下。這件中古巴黎世家沙漏型羊毛大衣，近看是細細的黑藍灰條紋，遠看其實就是灰色，這時候如果迎面走來喝醉的人，大概會以為看見《胡桃鉗》裡鐘響出擊的大老鼠。這時，只見不遠處有人在放煙火，空氣裡還瀰漫著尚未歇業的路邊攤販的烤肉香，而另一頭，則傳來波浪一般的歡呼尖

就是這件 Vintage Balenciaga 羊毛外套，讓我成了慶典邊緣的胡桃鉗鼠王。

叫，整座城市歡天喜地，聖誕快樂，佳節愉快，而我卻被固定在慶典邊緣。

或許是節慶恩典降臨，裡頭的工作人員恰恰目睹了大風將我的大衣攪進鐵門，獨留一條灰色尾巴的荒謬畫面。他們幫我開了門，藍色大門張了嘴，吐出了我的巴黎世家大衣，而我重獲自由宛若新生。我忙不迭地道謝，不知道他們有沒有看見我眼神裡閃爍的感激，那是屬於年末節日的由衷。

如果巴黎是一席流動的饗宴，那麼紐約大概是一場荒謬的慶典，最華麗最堂皇最不堪最狼狽的，都在這裡。主角遲到，觀眾靜電，而我，則是一隻被夾在慶典邊邊的胡桃鉗大老鼠。

車行過橋，曼哈頓的天際線輪廓越來越鮮明，不遠處的煙火繼續綻放，這座燈火通明不睡覺的城市，真是荒唐又迷人。

機械複製時代僅存的物質的浪漫

來到紐約後，開始認識並看見老東西的美，那是機械複製時代所大量生產的新東西所無法匹敵的獨特。這些老東西背負著不為人知的歷史，有著只有當時的擁有者才知道的故事，而當它輾轉來到新主人的手上，新的故事又即將展開，對我來說，這真的是物質世界裡非常浪漫的一件事。

存在了一百年以上的物品稱為 antique、有著二十年以上歷史的則是 vintage。時間與時間相乘，該會是一幅很美的畫面——當下的時間，與表現這時間之物本身的物件的時間，以及未來可能繼續累積的時間，構築出一幅多重宇宙，那是一個超出物質本身，重疊著不同世代、人物與記憶的負重。

在 Parsons 讀書的時候，選修過一門叫做「時尚的物質性」的課程，主要學習基礎服裝保存的技巧與知識，為將來可能到品牌的檔案室或是博物館的服裝館當服裝保存研究員做準備。這門課的作業通常都是鑑定一件不知名的 vintage 衣物，而線索就只有它的材質、風格、織紋方式、剪裁和版型，在沒有任何洗標或領標的情況下，學習當個服裝偵探。除了眼前這件具體衣物的材質細節，也要配合每個時代所發生過的歷史、文化事件以及曾有過的流行趨勢，來判定它究竟來自哪個年代，甚至出自哪個設計師。這門課對一個服裝初學者來說彷彿天書，但它打開了我對於鑽研老東西的興趣——那是一個嶄新的世界，連結著現在與過去。透過當下看得到的線索，推測想像它的前世，並說出一個合理而完整的故事。

Vintage 的魔力在於，它是世界上的獨一無二，就算當時仍是機械化大量生產製造下的產物，經過歲月的歷練與前物主的使用，再也沒有另一個物品和它有著一樣的紋理。而就實際層面而言，買老東西除了環保，對地球的負擔較小之外，還能用比較划算的價錢買到品質優良的知名品牌物件，除了更多的故事與韻味，老東西在用料與

製造上，比起當代的物品，也更講究細節與品質。但最有意思的還是，在一堆別人眼中的垃圾與不完美裡尋寶，在一團雜亂無章中，找出自己的節奏，培養自己的眼光與鑑賞力，看見那些就算帶著歲月痕跡，有著缺陷與瑕疵，但仍舊閃爍著光芒的物品，而後終於將那些一見鍾情的命定物帶回家的整段過程。在這個消費主義至上的時代，所有物質的取得都太過容易，經過這樣翻找的勞動，彷彿更加賦予了物品價值，並開啟了一段人與物的關係。

尋找一件適合自己的老東西需要耐心與時間，除了要不怕髒亂、不畏棉絮與灰塵，在成堆的衣服山中一件一件翻找，更要花時間教育自己：每個年代的風格、流行的樣式與材質是什麼，品牌商標又是如何遞進，甚至得更深入認識當時的社會文化與流行趨勢，有了這些作為基底知識，才能有效判別店家是否信口開河、商品是否為真品，也更能買到自己真心喜愛的老物。

整段找尋美麗老件的過程，像是身體力行地研讀時裝史。通常在越沒整理的店家，越容易以更低廉的價格撿到寶，逛起來舒適的二手店，通常都已經把整理的工夫加進價格裡。而最後能不能挑到適合的款式、有沒有剛好的尺寸，都是緣分。像是張愛玲的〈愛〉裡所述說的一樣：「於千萬人之中遇見你所要遇見的人，於千萬年之中，時間的無涯的荒野裡，沒有早一步，也沒有晚一步，剛巧趕上了，沒有別的話可說，惟有輕輕地問一聲：『噢，你也在這裡？』」

喜歡時尚的人，除了品牌光環，大部分讓人著迷的，是時裝屋背後的文化歷史——香奈兒女士是如何在一戰期間，讓女人脫去束腹馬甲、穿上褲裝，從裡到外現

Christian Dior
chapeaux

代化女性的穿著，藉由服裝還給女人生活的能動性；聖羅蘭先生又是如何在六〇年代讓女性穿上西裝褲，透過吸菸裝（Le Smoking Suit）打破性別的著裝框架，擴大女性的穿衣自由。

除了我過去五、六年來大大小小的收藏，我目前的衣櫥裡最值得介紹的單品，大概是二〇二一年春天，我在巴黎遇見的香奈兒一九九四年秋冬秀上款的花俏 Tweed Jacket。香奈兒的斜紋軟呢外套，是品牌最標誌的單品之一，歷久彌新，也是我的願望清單上排名前幾名的夢幻逸品。

斜紋軟呢（Tweed）這個布料，來自蘇格蘭男士的服裝。二〇年代中葉，香奈兒女士和情人西敏公爵遊歷蘇格蘭時，注意到了當地這款特殊的布料，也開始實驗性地將它納入設計。致力於解放服裝加諸於女性身體束縛的香奈兒，以當時沒人料想得到的材質，為女性設計了套裝，拿掉了肩墊、去掉了胸線、方便了移動，不強調身體曲線，某種程度反而更強調了女性化的一面。

一九五四年，一反當時細腰翹臀，極力凸顯女性線條的 New Look 流行，香奈兒首次推出的斜紋軟呢套裝，意外一炮而紅。一九八三年，卡爾·拉格斐（Karl Lagerfeld）接下香奈兒時裝屋後，更致力於現代化這款品牌的經典靈魂：加入多種不同的元素、翻玩外套的長度、挑戰各種顏色，讓經典仍然保持和時下流行良好的溝通。鈕扣是服裝的珠寶，而香奈兒愛在這小東西上做文章，鍊帶不只用在包袋，也用在服裝上。外套下襬的黃銅鍊增加了整體的垂墜度，進一步勾勒服飾的輪廓與線條。堅持內外都要優雅的香奈兒，維持斜紋軟呢外套的內襯與外層的裁片數量一致，並用上有著品牌標誌的緹花絲綢襯裡，表裡要如一。

當時，我只是走在回弟弟巴黎第六區公寓的路上，剛好途經了社區裡一家小小的連鎖二手精品寄賣店，沒想到驚鴻一瞥，換來了一見鍾情。我遇見這件外套時，它和我的年齡相仿，以這樣年份的衣物來說，它保存得相當良好：斜紋軟呢的手感柔軟同時又有份量，沒有破洞、磨損，雖有小小脫線，但在我能接受的範圍之內。有別於我衣櫥裡大量的黑白灰駝基本色系，這件外套相當繽紛：由紅、藍、紫、黑所組成，鈕扣還是印有金色品牌外雙 C logo 的黑色樹脂釦，內裡則是滑順的黑色絲綢。這麼鮮豔亮麗的衣服，和我原本樸素的衣櫃，應該能產生有別於日常的化學反應。而讓我決心花大錢買下它的推波助瀾，是外套肩線完美貼合我的肩膀，服貼的程度彷彿訂製，這在 vintage 的尋寶過程中，有多麼難得、多麼珍貴，大概只有經歷過的人能體會，簡單來說，命中注定莫過於此。明確意識到，這是多麼千載難逢的機會，於是我咬了牙結了帳，當成我即將來臨的生日，送給自己的禮物。

除了香奈兒一九九四年秀上款的斜紋軟呢外套，我最寶貝的 vintage 衣物還有兩件聖羅蘭（Yves Saint Laurent）一黑一白分別來自八〇年代和九〇年代的西裝外套，以及一件八〇年代席琳（Celine）的金球毛線釦羊毛西裝外套。再怎麼簡單的搭配，套上一件版型與材質都優良的西裝，整體風格瞬間升級。

這些獨一無二、有著豐厚底蘊的老東西，在講求從眾的符號帝國裡，有著不會撞衫的獨特性，也含藏著更多光陰的故事：它們都是經過主人千挑萬選，在對的時間遇見了的最適合的唯一。在這個一切講求速度與實效的數位時代，這些承載著時間簡史與歲月重量的物品，成為我認識歷史與世界的另一個方式。透過物質的切角，遙想當時的故事，這大概是機械複製時代僅存的物質的浪漫。

我的三十世代購物守則

我是個購物狂，開心的時候購物，難過的時候購物，壓力大的時候更購物，只是現在是個進化版的購物狂。相較於十幾、二十歲時的求新求變、求性價比求折扣，購物只在乎變化，衣服鞋包越多越好，其他不甚在乎；二十後半、三十世代的我，買東西不再以量取勝，意識到人生擁有的在精不在多，使用的材質、設計的獨特、整體的質感、品牌的理念，以及每件物品背後的故事，才是最終決定我是否消費的關鍵。下折扣看似十分划算的物品，不再是我掏出魔法小卡的主因，帶回家用幾次就興趣缺缺佔空間積灰塵的東西，也不會是我的生活夥伴。我的三十世代，對於要帶進家門、進入自己日常的每樣物品，有了更嚴格的篩選標準。

ase Curb
our Dog
TOWER CONDOMINIUM

三十世代，比起買新東西，更傾心老東西：老衣服、老包包，甚至老傢俱，儘管爬滿了時間的腳步與歲月的痕跡，相較嶄新的物品，更帶有靈魂與底蘊。現在每當想要或需要購入特定的品項時，總是先到二手市場尋寶。比起追求時下流行，更偏好儘管數十年如一日，還是堅持用著極具辨識性且帶有個人風格的物品，一如我留了十五年的眉上齊瀏海。與其擁有滿屋子的衣服卻覺得沒有衣服穿，更喜歡擁有一件摯愛、能天天使用且帶有故事的獨特物件。

二十世代中期移居紐約，前幾年幾乎年年搬家。隨著移動，擁有的物品在遷徙中過篩，日常生活裡，同樣的品項，開始去蕪存菁到只剩一件最喜歡的。只有一件，跨欄選擇障礙，也更突顯個人特色，畢竟重複，才能形成風格。

如果風格是以最具體的物質，呈現最內在的個人特質，那麼這些物質應該要能與自己起共鳴。讓生活中擁有的物品，成為自己的分靈體，是我二十世代後半開始所秉持的購物理念。如果物品是個人性格的延伸，那麼進入自己生活的物件，某種程度，應該要能更貼切說明我是一個怎麼樣的人。

我曾經有過喜愛招搖 logo 的時期，唯恐天下不知我背的是 Saint Laurent、Louis Vuitton 或是 Chanel，實則每次揹著有著鮮明品牌標誌的包包，我都有點心虛害臊。logo 太喧囂，像是爭奇鬥豔的孔雀開屏，它存在的意義是對外的宣揚，而不是自我的延伸。這樣宛如品牌活招牌的物件，與我日漸低調的個性背道而馳。後來才明白，想要融入人群，並不需要物質做陪襯。

三十世代，比起十與二十世代，經濟上有了更大的彈性，主動性提高，有了更多的選擇，反而更珍視並看重自己每一次的決定。選擇一個自己真正喜歡，而不是由於負擔不起而退而求其次的平價替代品，才能使用得更頻繁、更長久，也讓物品真正成為生活的一部分。平價替代款的存在，彷彿時時提醒著自己達不到最想要的現實，生活裡用著類似款，心中卻始終住著一點遺憾。對物品來說，也像一種辜負，生活裡用著它，但心裡總依然掛念著那片床前明月光。

近幾年由於安靜奢華（quiet luxury）潮流而躍入眾人耳目的紐約品牌 The Row，在它開始紅遍全球前，就已經是我的最愛：頂級的用料、低調卻恰到好處的設計、只有了解的人才了解的神秘感、不在乎趨勢只在乎做自己喜歡設計的堅持，彷彿是我的個性與喜好的物質化。找到一個喜歡也契合的品牌，長此以往不再需要嘗試各式各樣的可能，是一種三十世代開始渴望的熟悉與穩定。

住在紐約，在路上看到打扮時髦、搭配用心的紐約客是日常，他們風格鮮明、自信滿點，但最讓我受到啟發的，還是每次到林肯中心的大衛考克劇院或是大都會歌劇院看芭蕾時，所遇見的優雅奶奶們。她們身上看不到任何明顯的品牌標誌，但每樣東西看來都講究而精緻，剪裁、版型、材質、設計、搭配，都是能將奶奶的氣質襯托得更加出眾的物件，這就是我想要擁有的衣櫥模樣。品味像肌肉，需要被鍛鍊。走過的世界、讀過的文字、聽過的音樂、看過的舞蹈，都是日常的訓練，而所謂品味，也在每一次的取捨與選擇間，緩慢被冶煉出來。

幾年前反對快時尚的環保意識崛起，網路上流行一句「每一次的購物，都是在為自己想要的世界投票」的標語，而這也成為我二十後半、三十世代的購物準則。品牌對待勞工、環境以及對社會、文化甚至政治所持的立場，決定了我最終是否買單的關鍵。而物品的材質，更是在我的大腦前額葉發展成熟後，選擇買下一樣東西的首要評判標準。越來越多研究顯示，衣物的材質與健康有著舉足輕重的正相關，許多隱性、慢性疾病，其實和天天穿著尼龍、聚酯纖維等由石油副產品所製成的衣物有關。天然材質是我購衣的第一準則，秋冬選擇純羊毛或是喀什米爾，春夏則是純棉、真絲或是亞麻，秋冬保暖春夏透氣。

我的三十世代購物守則，是在一派眾聲喧嘩間，擁有最能代表自己風格與個性的單品，並在自己的能力範圍內選擇最好的設計與品質。材質至上、不過度購買重複的品項，秉持一進一出、去蕪存菁的選物法則，讓家裡的空間不被次要的物品佔據。而這樣的守則，同樣反映在人際上。少了深怕錯過而得武裝阿諛的逢場作戲人際社交，三十世代的我，也過得更安靜自在。

反指標

接受自己是反指標後，整個人像是泡了熱水的茶葉舒展開來，不再擔心他人對我意見的指指點點，不再一心只想加入酷小孩俱樂部（cool kids club），終於可以全心全意成為自己喜好與觀點的脊椎。

當個反指標沒什麼不好，雖然結果總是相反，但總是個指標。像是談棒球的YouTuber「台南 Josh」的新時代反直覺鐵口直斷，每當他預言某隊贏球，獲勝的總是對面隊伍，因此只要逆著邏輯來看球加油，勝利總是在自己的掌握之中。就在某天我自嘲自己是《紐約時報》劇評和舞評的反指標時，我突然意識到，原來我已經能對自己的品味與喜好感到坦然與釋懷。

喜好是一件很主觀的事，但同時也是將人擺放進不同框框、劃分不同等級與群體、評判人的品味最直接赤裸的標準。為了躋身酷同學之群，我開始學習他們的聲腔、借用他們的語言，試圖打入他們的小團體。不經意的一句，奇士勞斯基的藍白紅三部曲真是太聰明，沒想到下一次竟然被約去一起看電影；談到喜歡的時尚設計師，絕不能略過安特衛普六君子，尤其是 Martin Margiela 和 Ann Demeulemeester，他們是設計學院學生的偶像，話一出口，彷彿就已經成為酷同學其中一員。

剛加入百老匯版權公司大約一個月，某天同事間閒聊到以麥可傑克森的自傳故事改編的音樂劇《MJ》，大家議論紛紛，多數意見都是不喜歡——故事單薄、角色平板，論音樂，就是麥可傑克森的著名歌曲，沒有什麼創新可言。這時，同事K突然將話鋒轉向我：「你覺得呢？」

K是全公司裡我最喜歡的同事。他博學多聞長袖善舞辯才無礙長得又可愛，是那種人見人愛的 gay 蜜類型。我一直覺得，在某個平行時空裡，他可能是我不存在的哥哥。

鎂光燈撒下，我莫名其妙成為眾人眼神的焦點，一時之間，所有思緒像是傑克森的舞團一樣在腦中狂舞，卻吐不出一句話。見我支吾其詞，K說：「你如果喜歡，就說喜歡沒有關係。」「我覺得很娛樂。」我最後這麼說。不說喜歡或不喜歡，沒有稱讚、沒有批評，沒有說謊也沒有作態，我保持中立、陳述事實，安全下莊，但心裡突

ARTISTIC LICENSE
SIX TAKES ON THE GUGGENHEIM COLLECTION

然感到一陣空虛，為什麼我不敢為自己的喜好據理力爭？為什麼我總是打安全牌？

很多的中立客觀，背後可能只是沒有信心，卻又沒有勇氣承擔自己的選擇，因為太在意他人的眼光，不想在別人心裡被標記。不表態，看起來清高又有點神秘，但其實某種程度卻暴露了沒有主見也沒有脊椎的事實。我有明確的喜好，卻對自己的觀點沒有自信，比起自己，我更希望被他人認可，特別是那些我崇拜景仰的人。我是隻變色龍，總是為了得到他人的肯定、加入某個群體、被貼上某種標籤而改變自己，這於我而言也沒有關係，目的達成，我沒有什麼損失。

老實說，我其實很少有不喜歡的作品。我的標準總介在還好、喜歡和很喜歡之間，沒有什麼負面選項，所有事物都在合格之上。有時候我會疑惑自己的鑑賞評斷能力，是否在點選技能值時被遺忘，不然為什麼我總是無法愛恨分明？討厭是太強烈的情緒，幾乎不存在我的字典裡，我總是看得到那些儘管微小卻值得被嘉許的細節與用心。我真是個濫情而理盲的人，但會不會是因為，我對這個世界總是有太多愛？雙魚座並不浪漫，只是多情。

規律地閱讀《紐約時報》藝術專欄一年後，我得出了個結論——我就是這些德高望重的劇評舞評的反指標，而且已經到了看到某些表演方法和呈現的當下，心中會冒出：「啊！這部作品要被《紐約時報》批評了」的程度。

每當資深劇評傑西葛林（Jesse Green）對某劇大加讚賞，我總是不以為然，覺得那些他喜歡的作品都太過老套，但每當我對一齣劇狂熱，逢人就誇，果不其然葛林給的總是尖酸負評，而那些作品通常都前衛、極簡、炫技，可能還有一點譁眾取寵。一開始，我以為我的鑑賞能力短路，或是懶惰地直接歸結為世代差異，畢竟以葛林的年紀，他都可以當我爸了。然而當作品與評論越看越多，我也越來越能接受，這樣的歧異只意味著，我就是這樣一個人，有這樣的感受、這樣的喜好，只是這些恰好和專家的體驗相反。

紐約是座沒有標準的城市，在這裡，大家都太不一樣了，沒有一定要成為的樣子，也沒有社會集體對個人的要求，沒有標準、沒有批評、沒有道德，喜歡就說喜歡，討厭就說討厭，想在路邊尿尿就在路邊尿尿，只要能說出理由，所有意見都能被接納。同事K讓我得以好好思考並練習誠實面對自己，勇於當自己意見的助選員。

坦誠面對並支持自己的品味與喜好，需要放下一點自尊，多一點不在意，而玻璃心會隨著時間慢慢強化，最後刀槍不入，心會變得堅定，不容易受傷。當自己最好的盟友，是長大以後才做得到的事。

當個反指標沒什麼不好，雖然結果總是相反，但總是個指標。於是軟體動物開始長出了脊椎。

魔幻時刻

紐約就是這樣一個地方：你可以在前一個晚上，因為有課，而錯過了在學校附近，位於聯合廣場 Barnes & Noble 書店舉辦的時裝設計師 Zac Posen 的簽書會，或是考慮下課後要不要去 Marc Jacobs 開設的書店 Bookmarc 參加知名時尚攝影師 Steven Meisel 的新書發表，而其實你上星期才剛見到 Patti Smith 本人，聽她朗讀了她的新書，還和她說上幾句話，親口告訴她：「Patti，妳是我之所以決定搬來紐約的理由。」

在這裡什麼都可能發生。

這是我第一次在閉館之後走進大都會博物館。

十月的紐約，日落時間往前更推進了一些，傍晚時分已是一片晶亮閃爍，夜色灑在千百年的歷史藏品上，顯得有點詭譎、有些蕭瑟，只有館內的昏黃燈光綴上一點溫度。夜間博物館空闊只有展品的景象，和白天熙來攘往連看解說牌都有困難的洶湧人潮形成強烈對比，博物館驚魂夜不再只是虛構的故事，它完全可能發生。來到座談現場，些許業界男女穿著正式的晚宴服裝來到入口，在這裡，只消眼角餘光，就能輕易分辨出誰是學生。

大都會博物館的工坊座談（The Atelier with Alina Cho），由知名媒體人 Alina Cho 主持，每年會邀請一位時尚設計師，在閉館後的大都會博物館，花一個小時聊聊，他們是怎麼走到現在這個位置的。在這次之後，我還參加過《Vogue》創意總監 Grace Coddington 和 Louis Vuitton 創意總監 Nicolas Ghesquière 的座談，以及其他大大小小的設計師講座，但讓我印象最深刻的，還是在我來到紐約未滿兩個月、讓我第一次經歷魔幻時刻的這場 Proenza Schouler 雙人設計師對談。

Proenza Schouler 成立於二〇〇二年，設計風格簡約中帶點慧黠，俐落裡有都市，品牌名稱則取自兩人母親的姓氏。創辦人暨設計師 Jack McCollough 在進入 Parsons 就讀之前，讀的是繪畫，而 Lazaro Hernandez 讀的則是醫學預科（pre-med）。

「八〇年代那個時候，你如果想要成功，當醫生或是律師是絕對的安全牌。於是我就順著我父母的意思，讀了醫學預科。」Lazaro 說。「在邁阿密，我媽媽有一間美容沙龍。我每天放學後，就跑去店裡找她，看她如何剪髮、燙髮、染髮，看她如何和客人聊天。」Larazo 對於美的感受，從母親的沙龍開始。

對於服裝與美濃厚的興趣使然，Jack 和 Lazaro 兩人都決定轉換跑道。

在 Parsons 開學前一天，Jack 和 Lazaro 在曼哈頓 Bleecker Street 一間名為 Life 的酒吧相遇，他們在這一晚成為了朋友（這間酒吧現在已經不復存在。「它真的很棒

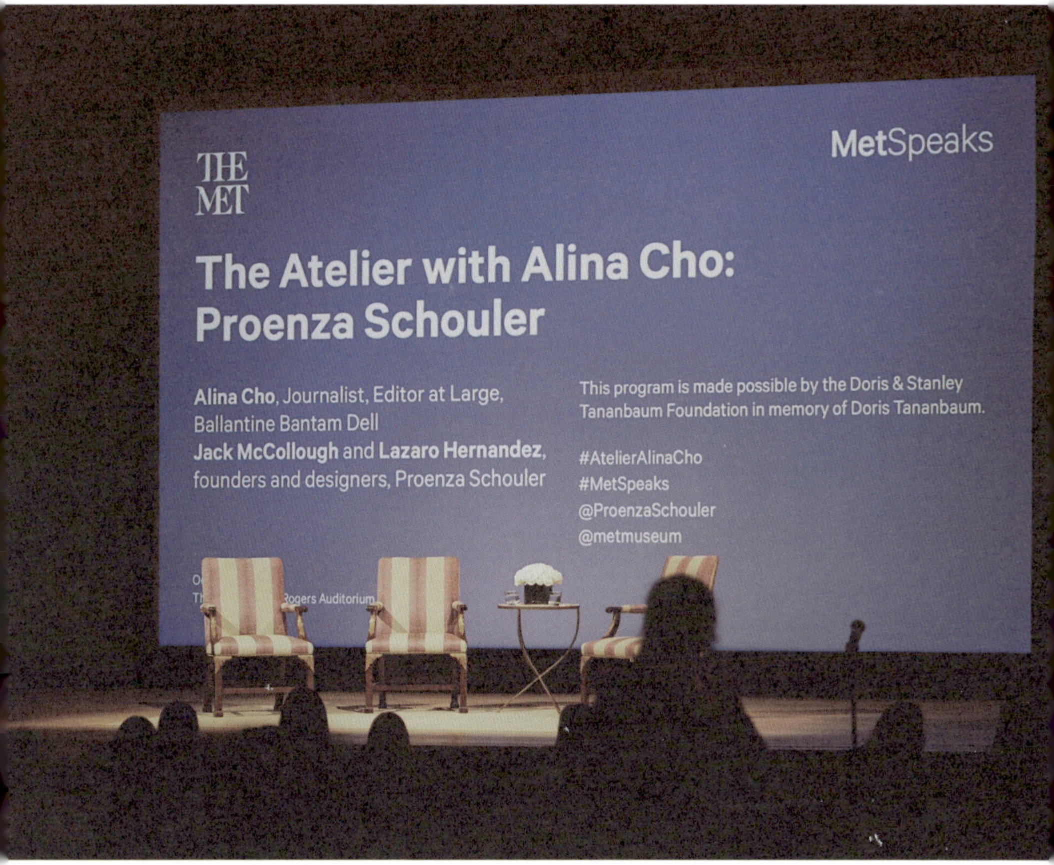
THE MET
MetSpeaks
The Atelier with Alina Cho:
Proenza Schouler
Alina Cho, Journalist, Editor at Large,
Ballantine Bantam Dell
Jack McCollough and Lazaro Hernandez,
founders and designers, Proenza Schouler
This program is made possible by the Doris & Stanley
Tananbaum Foundation in memory of Doris Tananbaum.
#AtelierAlinaCho
#MetSpeaks
@ProenzaSchouler
@metmuseum

啊！」兩個人一致認為），沒想到開學後，兩個人竟然是同班同學，更巧的是，他們的課表幾乎一模一樣，也就這麼開啟了兩人的友誼。兩個人的大學生活，不是在Jack的公寓就是在Lazaro的公寓一起做著衣服度過，於是，兩個人的設計風格也越來越相像。直到大四要畢業製作的時候，他們想，既然他們感情這麼要好、風格又這麼近似，那為什麼不嘗試一下雙人製作？

當時Parsons的時尚設計系畢業製作，從來沒有學生嘗試過雙人設計展出。開學前，他們和系主任討論了這件事，得到許可之後，意外也不意外地在畢業展上大放異彩，還得到當時的貴婦百貨公司Barneys New York的青睞，買下了他們的畢業製作全系列。初試啼聲就得到不錯的成績，但他們也不禁懷疑，兩個人綁在一起究竟要怎麼運作？

他們有一樣的作品集，也希望一起工作、一起發展。一次，他們一起到某家公司面試，但公司只開了一個職缺。面試官問：「嗯，所以你們是要一份薪水，兩個人分嗎？」「不，我們要兩份薪水。」「很抱歉，這可能行不通。」

「那我們何不自己試試看？」被拒絕的 Jack 和 Larazo 沒有就此放棄，這個念頭反而將他們推上了浪尖。說這句話的時候，Larazo 和 Jack 的眼神裡有星星。

「那我們何不自己試試看？」是多麼純粹的一句話，沒有預設立場、沒有膽怯畏懼，嘗試了之後才知道究竟行不行得通，嘗試了之後才知道自己以及產業的極限。就像時尚對當時的我來說，是個仍然太遙遠的領域，僅憑著一股「我想試試」的衝動，而帶領我來到紐約。

座談上，Larazo 分享了一段他的職涯裡深刻難忘的回憶。

一次，在從邁阿密飛往紐約班機的登機門前，Larazo 看到了《Vogue》總編 Anna Wintour。他難掩興奮之情，興奮地跟他媽媽說：「是 Anna Wintour 耶！」

「蛤？Anna Wintour 是誰？」Larazo 的媽媽 Proenza 女士，不認識這位時尚女魔頭。

「就是《Vogue》的總編啊！」

「那你應該去跟她說說話。」Proenza 女士說。

「可是我不知道要說什麼欸。」

「去跟她要一份工作啊！」

「……」

一直到上飛機前，Proenza 女士不斷鼓勵 Larazo 去跟 Anna Wintour 攀談，也要他再三保證，下飛機前一定要跟她講到話、推銷自己。

「我都答應我媽了，我一定要做到。」從 Larazo 的話語裡，可以感受到母子感情很好。

「我就像大多數的設計系學生一樣，背著我的繪畫和設計工具，上了飛機。但我真的不知道該跟 Anna Wintour 說什麼好，於是我拿出我的 Sharpie 簽字筆，在紙巾上寫了：Anna Wintour 女士您好，我是 Parsons 時尚設計系的學生 Larazo，我媽要我一定要跟您打聲招呼，所以我就寫了這張便條給妳。」

「寫完之後，我硬著頭皮，從飛機尾，一路走到飛機最前頭。我拍了拍 Anna Wintour 的肩膀，她依然戴著墨鏡，看都不看我。我又拍了拍她，她依然沒反應。於是我就把紙巾塞到她面前。」

「兩個禮拜後，我接到 Michael Kors 的助理打來的電話，他說：『Anna Wintour 要我給你一份工作。』於是我就開始在 Michael Kors 實習了！」（全場一片譁然）。

「我那時候很害怕，但我還是去做了。」Larazo 緩緩地說。

面對未知，每個人都害怕，站在自己一直以來嚮往崇敬的人面前，更覺得自己渺小，然而不跨出第一步，就絕對不會有接下來的故事。害怕不該是阻力，反而該是將人推得更高的助力，像是浪一樣，浪來了才能衝上浪尖，看見更廣闊的景色。

被問到 Proenza Schouler 這幾季都在巴黎走秀，未來五年、十年是否會有什麼計畫？Jack 說：「其實我們沒什麼計畫欸，生活已經被這個產業規劃得死死的了：在一定時間內要設計出幾個系列，又在什麼時候要走秀，行程表已經被塞得滿滿的了。就見機行事吧，看我們能走到哪裡。」

「其實我們並沒有就要從此搬到巴黎，但也沒有理由因為我們是個美國品牌，就要一直留在紐約。畢竟我們的店面遍布世界。我們可能這幾季在巴黎走秀，之後帶著新的創意和靈感又回到紐約，或許之後還會到其他地方。有時候，待在同一個地方久了，你會沒有靈感，保持流動，讓生活有趣，不要讓自己無聊，這很重要。」Larazo 說。

在台灣長大，從小到大都被教導，設定目標後就全力以赴，不要胡思亂想。安分常被推崇，而質疑現狀的人，則常被認為叛逆。因此聽到 Larazo 的回應，我有點驚訝，因為在來到紐約的頭一個禮拜，我才在筆記本寫下了「人生的最高宗旨，就是不

要無聊」，在有限的生命裡，要過一個有趣的人生。而我「移動才能生存」的想法，竟然也和 Larazo 不謀而合。移動才能產生能量，而能量才能帶來更多的成長。

世界是活的，人需要保持流動，流動帶來的能量讓生活充滿動力，也讓日子變得新鮮、過得有趣。在不同的文化、不同的時尚大城中遷徙，是讓生活有趣最直接的方法之一，而旅行是藝術之外，Jack 和 Larazo 共同的靈感來源。

說到 Proenza Schouler，大多數人的第一印象，應該就是那只被稱為 PS1 的包包了。當時設計這款包時，有想過它會風靡世界嗎？

「當然沒有啊，我們當初只是想設計一款實用的包包。」Jack 說。

「我記得那時候正值金融海嘯，二〇〇八年。我們投入了大量成本在新的設計上，但秀走完了，卻沒有半筆訂單。我們心想完蛋了，我們的品牌創業生涯大概就到此為止了。這款包卻意外受到全世界的關注，也因為它，我們的品牌才能繼續下去。」Larazo 說。

「有時候走在路上，看到陌生人身上穿著我們設計的毛衣、踩著我們品牌的鞋子，或背著我們的包包，我都會覺得很驕傲。這大概就是身為設計師的使命與成就感吧。」Jack 做了個小小的結論。

座談結束，照例有個問答。Q&A 的最後一位發問者，是位長髮女孩，她說她是一名造型師。她很想知道，兩位設計師有沒有什麼向時尚界大咖自我推銷的訣竅？

Larazo 說：「其實沒什麼訣竅，就是要大膽、要敢去嘗試，你要努力讓自己被看見。」

「那我要把我的名片拿給你。」女孩說。

女孩話才剛落下，全場一片掌聲響起。她走向前，把自己的工作名片遞給了 Larazo。

Larazo 回到位置上，開玩笑地說：「她挖坑給我跳！」（She set me up!）

整場對談，就結束在這個充滿戲劇張力、激勵人心的時刻。

Larazo 在飛機上用餐巾紙寫了便條給 Anna Wintour，得到了 Michael Kors 的實習；今晚在大都會博物館工坊座談上發言的年輕造型師女孩，也遞了自己的名片給 Larazo，不知道她會不會得到 Proenza Schouler 的工作？

這個故事真動人，真紐約。

紐約是一個造夢的城市，而時尚賣的是夢想。還有什麼能比在紐約遇到這些人、親耳聽到這些故事、並努力跨進這個世界更令人激奮的事？

這是我在紐約經歷的第一個魔幻時刻。而往後，這座城市，有更多這樣的魔幻時刻。

of Life

Theatre

人生劇場

究竟什麼是理想的生活？而「我」又是誰呢？這樣的大哉問，或許需要一輩子的時間去經歷、去試錯，而後才得以更深刻構圖。人生劇場上，我們都在一次次的彩排中，尋找符合角色的最佳詮釋。

密爾瓦基

二〇二四年十一月的第一個星期二，第四十七屆美國總統選舉，全美國、甚至全世界七上八下的心，全都懸在七個搖擺州上，其中之一，是威斯康辛。

打開新聞，連線記者在密爾瓦基（Milwaukee），播報投票所的現場狀況。作為威斯康辛州最大城市的密爾瓦基，平常沒人理會，但每隔四年必會收穫來自全國各地最熱切急迫的關注：今年搖擺州威斯康辛，究竟是藍是紅？

每當看到關於威斯康辛的新聞，一股沒有形體、無法言喻的情感襲來，像洗澡的時候莫名其妙被水嗆到，呼吸無礙，但鼻子痠澀，心裡還一陣騷動。關於威斯康辛州

與其首府麥迪遜（Madison）的生活與故事，我都只是聽說。

對於麥迪遜，我總有一股想像的鄉愁。

那裡，是我出生的地方，是我降落地球人生第一年的所在。然而不管我再怎麼努力搜尋腦海裡的記憶，結果總是一片空白。我對於威斯康辛麥迪遜的印象，來自為數不多的童年照片與爸媽的口述歷史。

說想像，是因為在沒有明確記憶的情況下，鄉愁沒有形狀、沒有味道，更沒有施力點，僅憑著法律文件上的幾個字，就讓我對北美洲的這座城市，發酵出了難以名狀的情感。我對台灣的鄉愁，是麻辣鴨血臭豆腐，是豆漿豆花、檸檬愛玉，是夜市鹽酥雞、路邊地瓜球，有確鑿的形體、明確的氣味。但對威斯康辛州麥迪遜？我不知道。我只知道聽到這個地名，有種熟悉的陌生、陌生的熟悉，一種想像中的認識。

我出生在爸讀博士班的第三年。由於拿獎學金，得趕著在四年內畢業，且一畢業就得回國履行服務義務，因此爸爸通過論文口試、拿到了博士畢業證書，全家人就搬回了台灣，而後就再也不曾踏上威斯康辛州。就算成長過程中有幾次旅遊美國的機會，去的也總是加州、紐約等熱門旅遊勝地。全世界大概不會有人選擇在難得的假期，千里迢迢飛了十多個小時，最後降落美國中西部的威斯康辛。甚至在移居紐約七年多後，我依然從未到過我藍色護照上記錄出生地的那個州。世界很大，有太多地方比威斯康辛迷人。

我像是《怪獸與牠們的產地》裡的玻璃獸，總是被亮晶晶的東西所吸引。從農業畜牧大州威斯康辛，到物產豐饒嘉南平原，我的童年樸實無華，就在一片認真讀書考試中度過，考上台大、搬到台北，是求學時期最大的動力。那時候，台北是晶亮的所在，有閃爍的摩天大樓、方便的捷運與大眾交通，有各式各樣精緻浮華的百貨公司、選物小店、影城影廳，還有各種嘉義所沒有的展覽與表演，對那時候的我來說，台北集全台灣的先進與摩登於一身。八年過後，台北已經無法滿足我對於亮晶晶東西的渴望，於是我來到更加燦爛奪目熠熠生輝的紐約。這裡有更多更高更耀眼的摩天大樓、有更多更有創意從來沒想過的藝術展覽與表演、有更多更精緻奢華的時尚與時髦人士、有更多來自世界各地道地的美食佳餚，這是一座讓人眼花撩亂的城市，這是一座不睡覺的城市。玻璃櫥窗反射出萬丈光芒，舉目所及全都亮晶晶，玻璃獸覺得找到了他的歸屬。

小學時候，基本資料表要填出生地，不知道為什麼被同學發現了我在美國出生這件事，茶餘飯後一句「你美國人」成為我最鮮明的標籤。因此每當有英文朗讀、英文演講比賽，大家總是毫不猶豫推派我參賽，畢竟論英文，誰能贏得了美國人？殊不知，我的英文也是受台灣傳統填鴨式教育的拉拔，然而憑藉著一股「我美國人」不能丟臉的意志與決心，從小學到高中，一路上拿了許多優勝與第一，也考了不少滿分。

長大以後，我很少和人提起我有美國籍，尤其來到美國後，能不透露就不透露，畢竟我對自己的身份認同未明，而「我是誰？」這個疑惑，對許多人來說太奢侈。美國護照是張護身符，在眾留學生中、在那些為了畢業後要留在美國而為簽證焦頭爛額的朋友裡，他們會羨慕我不勞而獲的美國身份，什麼都不用做、不用努力就能留下來，羨慕裡可能還摻雜著一點嫉妒與不平，到底憑什麼？對呀，到底憑什麼？當美國人究竟是什麼感受？

法律上，在美國出生就是美國人（然而第四十七屆美國總統宣誓後，不曉得又會是什麼光景），但擁有美國國籍就是美國人嗎？有人拿著美國護照，但從幼年離開美國後，三、四十年不曾再踏上美國國土，卻口口聲聲稱美國為故鄉，那又是一種什麼情懷？那些沒有法定身份，卻在美國土生土長生活了幾十年的人，難道不是美國人嗎？身份認同像是團毛線球，遠看每條毛線涇渭分明，近看卻糾結成一團，不少地方還起了毛球。

什麼是故鄉呢？故鄉大概像是一只收納櫃裡曾經鍾愛的老罐頭，因為喜歡所以省著捨不得吃，平靜安穩的日子不會想到它，但哪天緊急需要食物，翻找出來，才發現它過期了。意識到故鄉的存在時，絕大多時候已不在當地，它成了一個記憶裡的地方。

一個在美國出生的女孩，繞了地球一圈，又回到美國，玻璃獸的追逐亮晶晶之旅仍在進行中，探索自己究竟是誰的大哉問也尚未停止，但可以確定的是，我對於台灣有著稜角分明的鄉愁與認同。

威斯康辛這一年，果然如我預期也是我最不希望發生的，在搖擺之間，晃出了一片楓紅。

大西洋蘋菓西打

就在我提著裝滿了蔬菜水果、醬油調味料的購物籃，努力不讓滿身滿手的物品撞到架上的陳列商品時，我一抬眼，發現了鋁罐裝的大西洋蘋菓西打。

曼哈頓中國城香港超市的貨架上，大西洋蘋菓西打長得依舊是我印象中的那個樣子：黃色基底配上紅色蘋果、綠色葉子，蘋果剖了一半，放上由右至左的「蘋菓西打」四個大字，這個帶著年代感的包裝，以最強烈的光的三原色作為品牌視覺，數十年如一日，是許多台灣人，甚至亞洲人成長過程的回憶。自我有印象以來，蘋菓西打從來沒換過包裝，味道也是一樣的碳酸蘋果汁，它是童年在合菜餐廳家族聚餐時，旋轉飯桌上會出現的飲料，日常裡喝不到，是家人聚會時才能淺嚐的美味，它是童年以及台灣回憶的三原色。

蘋菓西打，Apple Sidra，不是 cider 而是 sidra，原來是個台灣造的英文字，取美國蘋果酒 cider 的諧音，並帶著一點對西洋汽水的想像，在六〇年代打造了一個符合亞洲人口味，至今仍風靡市場的碳酸飲料。其實在西班牙文裡，sidra 就是英文裡的 cider。或許當時沒有這層涵義，但其實 Sidra 源自拉丁文，意指星星女神，而它同時也是個阿拉伯名字 Sidrat al-Muntaha 的簡稱，意味第七個天堂底端的神木。Apple Sidra 有著氣泡蘋果汁的靈魂、異國的命名輪廓，卻帶著台式的語氣與腔調，原來是個有著多重身份的飲料。

成年以後才出國的人，身份認同大致底定，就算移居異地多年，甚至有了新的護照，仍然視台灣為家鄉，心心念念台灣的發展與走向，每當大選，必定排除萬難回家投票。然而異地待久了，也漸漸感到自己的變化，發現自己長得越來越奇怪：漸漸融入美國文化，卻還無法全心全意認美國為自己的國家，但當回到一心想念的台灣，有些地方卻也變得格格不入：氣候、濕度，以及人與人之間的距離與邊界，那些習以為常的成長背景，突然之間竟成了逆文化衝擊（reverse culture shock）。

疫情之後回台，好像一切都沒變卻一切都變了。

曾經覺得很快的台北步調，原來只是紐約客在公園裡悠閒散步的速度；記憶裡台大後門的神仙美味，再次嚐到，卻覺得美味褪色好像還多了點滄桑；而台灣人的人情味，換個角度其實就是多管閒事。在個人主義被推崇到極致的冷漠紐約，我懷念台灣人普遍的高度道德感與公德心，以及最被推崇的人情味，但回到台灣，很多時候，「人情味」也讓人與人之間的邊界被踩得模糊，每個人都用自己的標準侵門踏戶每個認識、不認識的人，尤其女性，總是得被迫接收來自四面八方有意無意善意惡意的品頭論足——「怎麼胖了？最近吃很好吼！」、「怎麼變這麼瘦，要多吃一點！」不管變胖變瘦，三姑六婆總有意見。還沒結婚的時候被問什麼時候結婚，結了婚，又要被問何時生育，總之每個人對我的身體與子宮永遠有置喙的餘地。如果在紐約，轟出一句

「干你屁事！」就頭也不回地離開，此生不再相見，但是我在台灣，於是只能點頭微笑不語，當個溫良恭儉讓的大家閨秀，儘管心裡已憋得七竅生煙。

走在台北街頭，明明不趕時間但腳程的內建馬達還停留在紐約時區，我像是台跑跑卡丁車，不斷超越前方行人，彷彿在累積積分，走著走著，不禁笑了出聲，自己都覺得荒謬，我到底在趕什麼呢？紐約已經把我調教成，時間寶貴，特別是不能浪費在通勤上，能省一秒是一秒，畢竟這座城市，行人闖紅燈已經管無可管到在二〇二四年被列為合法。我曾經覺得很大的台北，一夕之間，變得好小。是我變大了？還是台北變小了？可是每年每年，我還是很期待回台灣，雖然每次每次在台灣待了一陣子後，又希望趕快回紐約，那裡沒有各種有形無形的道德情感綁架。

相較於第一代移民，移民二代有著更確鑿的美國認同。他們在這片土地出生、成長，他們認為自己是美國人，他們了解自己父母輩的台灣根源，但他們毫無疑問、真真切切是台裔美國人。台裔美國人，重點在美國人，他們和台灣的土地除了父母之

外，並沒有太大的連結。

然而第一代移民不同，他們的價值觀與思考模式，都在抵達異文化之前，已經有了一定的雛形，而當進入截然不同的社會文化以後，他們開始模塑自己，盡可能地融入當地，也盡可能地壓縮原有的自己。日常的度量衡，彷彿能掂量一個人融入美國文化的程度。最常用的幣值與溫度，是模塑的第一道標準。生活久了就不再換算為台幣、變更為攝氏。但在相對少用的長度、重量和面積，卻還是得換回熟悉的單位以幫助理解。於是就在這打磨拋光的過程中，不知不覺遺失了一些本來的東西。第一代移民，變得越來越兩邊不是人，他們長出了角，甚至多了條尾巴：他們是台灣人，卻和當代的台灣人脫節；他們不認為自己是美國人，但在法律上卻屬於美國公民，而美國人看他們也不太像土生土長的美國人。第一代移民，游移在兩者之間，懸空飄浮，兩邊都是家，卻兩邊都不是家，雙語（bilingual）並行，卻常常失語（bye-lingual）。

二〇二四年底，在網飛（Netflix）爆紅的韓國實境節目《黑白大廚：料理階級大戰》裡，白湯匙愛德華李在「人生料理」這個關卡，端出了以鮪魚生魚片包覆著炸飯糰的「韓式拌飯」，評審白種元完整接收到其中想呈現的身份認同紊亂，給出了全場最高的九十七分，畢竟這道料理究竟要用筷子吃還是用刀叉吃、到底要拌還是不拌，從吃法上就已然開始讓人產生疑惑，各種層面的料理敘事，映襯出愛德華李想表達的身份認同問題。然而另一位評審安成宰，卻由於名為韓式拌飯卻不用拌還用刀叉吃，而給了他全場最低的八十二分。愛德華李的這道料理，像極了第一代移民身份的縮影，兩邊的文化與認同都有一點，但都不全面，而當兩者融會，兩邊的人看著卻只是四不像。

同年十一月底，台灣首次拿下了世界棒球十二強錦標賽的冠軍，終結了日本的二十七連勝。遠在美國，我們為這小小島嶼所激發的大大能量感到動容，對於國家、關於身份，我們都是驕傲的台灣人，大家歡呼吆喝，笑容開出一莖蝴蝶蘭。席間，碰巧桌上除了台灣啤酒，還擺著鋁罐裝的大西洋蘋果西打。黃色基底配上紅色蘋果、綠色葉子，蘋果剖了一半，放上由右至左的蘋菓西打四個大字，喝起來，依然是童年記憶中的味道。

快樂地我們滾滾向前

小時候想像的長大，沒有明確的形體，甚至輪廓模糊，但可以肯定的是，長大的世界從容自在，有更多的掌控、更大的自由，沒有擔憂、沒有煩惱，是個理想的狀態；直到長大以後，才發現長大其實並不存在。

美國音樂劇重量級人物史蒂芬·桑德海姆（Stephen Sondheim）在一九八一年寫下的《Merrily We Roll Along》，在當時其實並沒有掀起太多波瀾，二〇二三年底開幕的百老匯復興劇（Broadway revival）所造成的熱潮，總算是給了這部作品一點公道，不僅票房超出預期，還一舉拿下二〇二四年度最佳百老匯復興音樂劇、最佳音樂劇男主角、最佳音樂劇男配角，和最佳編曲等四座東尼獎。

二〇一八年，我和三位台灣女生在下東區藝廊舉辦的小展覽的開幕晚會。

故事以倒敘的手法道出二十年友誼的分崩離析，倒帶般地看碎成一地的感情，因為時間倒流而被重新拼湊起來，看三個人一起為了各自的夢想努力，但也因為各自的夢想而走向分離。由於一開始就揭示了最後的結局，看到三個人友誼如膠似漆的曾經，惆悵淌成整齣戲的伏流，《Merrily We Roll Along》讓人又哭又笑，一如成長。

其中在〈長大〉（Growing Up）這首歌裡，唱到「Every road has a turning. That's the way you keep learning」。長大是，終於意識到長大永遠不會停止；長大是，在每條岔路前，為自己做決定並且持續學習；長大是，排著隊準備踏上高空吊橋，雖然可以看著前方的人如何過橋，實際上卻得自己一步步踏著走過，每一步都是第一次，每一步都沒有範本可循；而長大也是，完整地接受每一次的相遇與別離。每次的離開與到達，都默默引導了下一次的相遇，或是不相遇。能接受別離、認清每個人在彼此生命裡都有保存期限，是人生必經的成長痛。

《Merrily We Roll Along》比較常見的翻譯是「歡樂歲月」，但是某次在臉書上滑到一則將劇名直譯為「快樂地我們滾滾向前」的評論文，雖然這個拙劣的直譯劇名讓人摸不著頭緒，但相較之下，這個翻譯反而更貼近也更生動地闡述了故事的核心。青春的時候，大家三不五時揪團夜唱吃宵夜看夜景，年輕時候的友情，是一群人一起歡樂地滾滾向前，所有情緒都聲勢浩大，笑容與眼淚的分貝都超標，然而滾著滾著，隨著長大，每個人也都滾向了只屬於自己的方向。

來到紐約的第一個春天，我在信箱裡收到一名台灣女孩的來信，邀請我一起辦一場展覽。同行一起辦展的藝術家有三位，都是年齡相仿的台灣女生，她們在找一位策展人，希望能將三個人的作品與理念，串連起來說成一個完整的故事。

第一次見面，我們約在曼哈頓第八大道上的咖啡廳，那裡鄰近她們的學校。她們都是紐約時尚設計學院（Fashion Institute of Technology）的學生，背景從時裝設計、珠寶設計，到展覽設計，有各自的專長與截然不同的個性。我們確立了核心、制定了計畫，打算一起做一個共同的作品，而她們三人也有各自領域的展出。那年秋天，我們在曼哈頓下東區，租借了一個小小的藝廊空間，完成了為期三天的迷你展覽，以不同的媒材講述我們各自與紐約的城市故事。移居異地，很容易在大大小小的場合交到朋友，但真正能深交並持續保持聯繫的卻很有限，尤其又在紐約這樣快速而現實的城市。然而我卻因為一封電子郵件，認識了這幾個奠定了我初期的紐約生活重要的朋友。

然而隨著大家畢業，現實進逼，疫情來襲，每個人都做出了對當下的自己最好的決定。有人由於簽證因素回了台灣，有人有了新的交友圈，有人依舊保持聯繫，卻已不像從前那麼熱絡。我們不再看著同一片天空，有的不再是學生時期的煩惱，我們逐漸有了各自生活的側重，也因而緩緩淡出了彼此的人生。相較於年輕時候的我，會為此感到悲傷難過，絞盡腦汁想釐清究竟是哪個環節出了差錯，沒想到這時候的我，竟然也接受了每個階段的朋友都有保存期限這件事。每個人成長的速度不同、生活的重心不同，長著長著，也長往了不同的方向。

「人生不相見，動如參與商；今夕復何夕，共此燈燭光。」

杜甫在和衛八處士分離以後，二十年間不曾再見面。二十年後某次在旅途中偶然巧遇老朋友，當晚到他家作客，昔年那個未婚單身漢，如今兒女成行，在那個連通信都異常困難的年代，這樣的重逢實在太讓人起雞皮疙瘩。不禁讓人揣想，二十年後再見到年輕時候的好朋友，會是怎麼一番光景？或許認不出來了，也或許不想相認了。

「明日隔山嶽，世事兩茫茫。」

詩作的最後兩句拉回現實，今晚以後，未來應該不太可能再見面了，沒人說得準以後的事。就算一千多年後的今天有了許多讓人能隨時保持聯繫的科技，但依舊沒有改變說了再見之後，可能就再也不見的事實。

隨著待在紐約的時間拉長，離去的台灣朋友開始比新認識的還多，當生活環境不再相同，人們也漸漸長成了完全不同的個體，也就慢慢慢慢地走散了。分離是常態，再見是常態，很多時候，說了再見就再也不見。在異鄉的每一次相遇，或許都是最後一次。或許長大的本質是悲傷，人生總有許多無可奈何，那些曾經以為穩固的關係，也會隨著成長而逐漸變質。

留學前輩許菁芳，在她旅居北美攻讀博士的時候曾經寫下：「如果長大有方向，總往分離的方向。」或許每個離鄉背井的人，看著在自己生命裡來來去去的人群，都有類似的感觸吧——就算我們快樂地滾滾向前，然而前方多歧，滾著滾著，就滾往了不同的地方。

生活在他方

搬到紐約前、定居台北的最後幾年，一股鮮明而銳利的「我的生活不在這裡」的感受突然沒來由地甩了過來，強烈而窒息的力道掐住了每日的平凡生活。這樣的感覺，像是硬要把圖案看似雷同但形狀根本不符的拼圖卡進圖版一樣。每天每天應付著日常，看似適應也習於這樣的日子，但期待的終究是遠方。對於日常感到厭煩、對於未來沒有動力，我的生活不是我的生活，生活究竟在哪裡？

第一次有「生活在他方」的感觸，是進入台大中文所的第一年。做研究總是孤獨，大把大把的時間擲注在讀書思考與書寫上，這真的是我以前心心念念的以後嗎？準備研究所考試時從未有過任何自我質疑，繼續往學術的象牙塔邁進彷彿是我的人生召喚，然而真正「擁有」了這樣的生活後，我反而開始迷惘，眼前煙霧迷漫，沒有方向也沒有施力點。我踏進從前嚮往的生活後，過的日子卻索然無味、庸碌平淡了，不像準備考試時眼神裡有星星。達到目標的生活後，「生活」反而悄悄地移動到了別的地方。我一路追趕，追到的卻只有影子。

我的中文所碩士論文寫的是蘇軾的杭州詞，聚焦在所處的城市對於文人文風與創作之間的關聯。城市對於人的潛移默化悄無聲息卻震耳欲聾，除了透過理論與古代文本探究這個問題，我也以肉身試驗，藉由一次次的遷徙，觀察自己的變化：話語的腔調、思考的稜角、文字的力道、心靈的硬度，以及我對於生活的錨定。我當時不知道的是，原來當初在選擇論文題目時，我已經有意識地在回應自己生命裡的疑惑——城市對於個體，究竟會有什麼影響？一個能恰如其分讓自己安身立命的所在，需要努力尋找嗎？還是應該將自己模塑成適合那個環境的形狀？

紐約是我當時生活在他方的解答。脫離學術圈，往時尚產業探勘，是我尋找理想生活的一大步，也是我探問所處的環境與理想生活之間距離的親身實驗。

紐約的浮華與金光都倒影在水面上，絢麗璀璨，彷彿一眨眼就要錯失許多美好。這裡有比其他地方更多的機會、更多的選擇。離開了學術象牙塔，我的生活由於遷徙而瞬間變得開闊，舉目所及都是新的：新的公寓、新的街景、新的朋友、新的語言，總而言之，新的生活。

然而無論在什麼地方、哪座城市，只要生活久了，踩踏出屬於自己的節奏、圈畫出自己隱形的地盤後，那些當初讓人興奮、期待的元素就慢慢模糊退場。當生活的壓力一步步欺身而來，日復一日的韻律敲打出單一的樂章，城市的靈光逐漸褪色，生活依舊在他方。

我在城市裡遷徙，也在產業間流轉，親眼見得了時尚產業的矛盾，對現實沮喪、對曾經的夢想失望，於是又再次移動，移動到一個有興趣但不熟悉的地方。從學術

圈、時尚界再到百老匯劇場，我好像總一直在尋找什麼，卻不知道等著我的是否會是無止境的循環。我大概是個理想主義者，相信世界上總有一個能讓人永保熱情、持續感到有趣、並和自己相輔相成的環境，一份永不厭煩的志業，一座絕不無聊的城市。

我總是在一個地方尋找另一個地方的影子——在紐約尋找巴黎的蹤跡、倫敦的氣味、東京的輪廓，很多時候卻忘了紐約也是曾經的心嚮往之，畢竟人總是太容易將擁有的視為理所當然。有時候，為了避免被現實的平庸所吞噬，我將目光投向一個可期可待的不遠的未來，倒數、企盼，希望那個即將到來的日子，能為平淡的生活帶來一點什麼不同。而當期待的日子來臨，經歷了一場全新的感官與眼界的洗刷，充飽了電，我彷彿又可以安心地窩回我平庸的日常了。這大概就是旅行之所以存在的意義與目的，為了讓覺得被困住的人們出發去探看想像中的生活。逃離單調的日復一日，感受真實的自己在異地重新甦醒，並將旅途的經歷與回憶以影像的形式裝幀，在回到日常、尤其在那些俗不可耐的時刻，時不時拿出這些純粹的快樂續命。

理想的生活與生存的現實總存在距離、留有時差。每當覺得自己離理想的生活只差一步，綠光彷彿觸手可及，伸出手後卻赫然發現，它其實依然在遙遠的地方，「真正的生活」似乎永遠無法到達。但究竟，「真正的生活」是什麼呢？

有時候會覺得，生活在他方只是一種心態問題，接受自己、活在當下，生活就在身邊。然而事實上是，日常的瑣事會磨蝕曾經一度接近理想的生活，會黯淡原本充滿魅力的城市，需要不斷地離開、再回來，更新那些遲鈍的感官，重新感受那些曾經帶來的感動。有時候，也因為自己不停成長、不斷改變，這個裝載生活的容器，已然容不下茁壯的自己，於是人們移動遷徙，為的是找到一個最接近生活的地方。移動會帶來能量，而能量會帶來更多的成長。而當我們不停成長，有理想有願景，對日常的標準越來越高，生活永遠都在他方。

紐約的日子邁向第八年，又開始有了移動的念頭。下一座城市要落腳哪裡好呢？

或許有一天，紐約終將成為我生命裡的後台，而我會帶著在這裡累積的能量與長成的樣子，到下一個他方，繼續尋找生命裡的綠光，也用力地把當下過成理想。

美國時間

小時候常聽老一輩的人說，「我沒有那個美國時間」。「美國時間」在這個語境裡，意指多餘的時間，人在台灣，沒有美國時間。

到了美國，我過著美國時間——夏天晚了台灣十二小時，冬天則差了十三小時，人在紐約，總是慢台灣一步，但我還是覺得，我沒有美國時間。

二〇一八年，第一次收到出版社的出書邀約。當時覺得自己才剛來紐約不久，論故事、談經歷，都還顯得單薄，而後，也陸陸續續收到不同出版社不同的出書提案，但總因為覺得自己尚且不足，或是雙方理念不同，而不了了之。直到二〇二四年，終

後記 221——220

於認為自己準備好了，也幸運地和能接受我想法的編輯與出版社接上了線。正式簽約的一年多後，《後台紐約》終於要出版了。

國中時候，我曾經有個「希望我的文章也能被收錄進國文課本裡」，放在心底不曾對人提起過的小小夢想。長大以後才意識到，文章被收錄進國文課本，並非都是好事。《後台紐約》這本書不放在旅遊、生活風格，或是心理勵志，而被歸類在華文創作，在我離文學與寫作越來越遙遠的紐約三十代日常，像是對於喜愛文學的自己階段性的交代，也像是在呼應十多歲的我，那純粹而天真的夢想。

見證了幾次歷史時刻與政權轉移，我用我的美國時間，以極度緩慢的步調，終於寫完了這本紐約生活的散文紀錄。

一路上，要感謝許多人：謝謝H，成為我紐約生活的最佳夥伴，鼓勵我朝著嚮往卻總是沒有勇氣跨出步伐的方向前進；謝謝爸爸、媽媽，和弟弟，總是支持我做所有想做的事情，是我人生最堅實可靠的後台；謝謝小樵，本書的編輯，也是我的大學好室友暨台大中文系、中文所的好同學，包容我總是活在自己的美國時間裡，以她對我的認識與瞭解，用不同的方式督促鼓勵我，也給了我許多深中肯綮的修改建議；謝謝台大中文系劉少雄老師，為這本小書寫序。老師從大學部一路看著我讀到研究所，還指導了我的碩士論文，我內心的糾結與困惑，老師也參與了不少。謝謝老師以溫暖的文字，為《後台紐約》作了全面而深刻的介紹；謝謝 Jing，為這本書，畫了符合我心中紐約印象的水彩插圖；也謝謝堡壘文化的團隊，一直以來的支持與協助。

最後，謝謝一路上追隨我的社群讀者，跟著我從台灣到了紐約，從時尚轉進劇場，希望你也能找到屬於你的美國時間，重拾一直感興趣卻因為長大而淡忘了的興趣，在成為大人的路上，不忘那些幫助我們長成現在這個樣子的養分與初心。

國家圖書館出版品預行編目（CIP）資料｜後台紐約 =New York, backstage／艾佳妏著 . -- 初版 . -- 新北市：堡壘文化有限公司出版：遠足文化事業股份有限公司發，2025.06 ｜ 224 面；14.8×21 公分｜ ISBN 978-626-7506-90-5（平裝）｜（Demi-Couture；004）｜ 863.55 ｜ 114004279

後台紐約

慾望城市裡的
華麗與荒唐

作者：艾佳妏（Elise Ay）
內封插畫：Jing You

堡壘文化有限公司 ————

總編輯：簡欣彥｜副總編輯：簡伯儒｜責任編輯：梁燕樵
行銷企劃：黃怡婷｜美術設計：陳恩安

出版：堡壘文化有限公司｜發行：遠足文化事業股份有限公司（讀書共和國出版集團）｜地址：231 新北市新店區民權路 108-3 號 8 樓｜電話：02-22181417 ｜ Email：service@bookrep.com.tw ｜網址：www.bookrep.com.tw ｜法律顧問：華洋法律事務所／蘇文生律師｜印製：呈靖印刷有限公司｜ ISBN：978-626-7506-90-5 ｜ EISBN：978-626-7506-91-2（EPUB）｜ EISBN：978-626-7506-92-9（PDF）｜初版一刷：2025 年 6 月 ｜定價：420 元